心，近自然

杨士军◎著

漓江出版社
桂林

图书在版编目(CIP)数据

心,近自然/杨士军 著. —桂林:漓江出版社, 2017.3
ISBN 978-7-5407-8013-5

Ⅰ. ①心… Ⅱ. ①杨… Ⅲ. ①随笔-作品集-中国-当代 Ⅳ. ①I267.1

中国版本图书馆 CIP 数据核字(2017)第 013543 号

责任编辑:谢 阅
封面设计:何 萌

出版人:刘迪才
漓江出版社有限公司出版发行
广西桂林市南环路 22 号 邮政编码:541002
网址:http://www.lijiangbook.com
全国新华书店经销
销售热线:021-55089658-8020

山东临沂新华印刷物流集团印刷
(山东临沂高新技术产业开发区新华路 邮政编码:276017)
开本:690mm×960mm 1/16
印张:15 字数:140 千字
2017 年 3 月第 1 版 2017 年 3 月第 1 次印刷
定价:29.80 元

Contents

目 录

第二辑 环境与生存

第三辑 亲情与友情

序一

天地人，一世界

在写作中，散文、随笔貌似是最简易平常的，可某种程度上也是最难为的。莫里哀的戏剧里有一位人物曾经大呼：原来我说的就是散文啊！大概任何一个识文断字的人，都能缀字联词，敷衍成篇；然而真的要成其篇章，却是很难把握的活儿。“文章千古事，得失寸心知。”得失，就算心里明白，怕也说不出；说出来的往往不着边际。

不过，散文、随笔，较之诗词韵文，至少在言而有物、情真意切上似乎更为紧要。许多时候，陈词滥调经过诗的形式如韵脚格律之类的包装，虽徒有其表却也能让人目眩神迷，辨不清真伪。比较而言，散文、随笔，犹如不着甲胄，手刃肉搏，有多少真手段，一进一退之间，显露无遗。

杨士军兄，将多年笔走龙蛇写就的百余篇文字集录成册，照他的意思，“不是说自己如何如何高明，只是将平时所思所想做一番真实的流露”。前半句，自然是他的谦虚；后半句，在我看来，倒真是得文章书写之真谛的话。

士军兄的这些文章，一篇一篇读下来，不能说精确到增一字嫌多、减一字恨少的地步，但每篇有每篇的话头：从自家阳台上稚嫩的辣椒苗，到大洋彼岸拉斯维加斯流光溢彩的霓虹灯；从当下生活环境的严重危机，到自己少年时代的游戏和伙伴……笔意纵横，无施不可，这大致可谓是言而有物。言而有物，说起来是做文章的基本要求，可是多年来百多篇无不如是，那就真非易事；说作者对生活中的种种常怀体察之心，固然不错，但似乎还有些就事论事的不通透。其实对于所涉的种种事和物，文章都显示出实在的感、实在的思，作者情兴盎然，嬉笑怨恼随时流露，于是文章的精神也就气完神足地在那儿了。可以想见，写下这些文字的时候，作者没有任何的勉强，而是切迫不能自止。

中国传统，一向是强调先立人而后成文的，“气盛则言宜”，有活生生的人，而后有活生生的文。故而，由文章可一窥作者的眼界、心气和胸怀。回到士军兄的这些文章，林林总总，大致分“行走的脚步”“环境与生存”“亲情和友情”“生活的道理”数辑，按照这一分类的提示去读，对于各篇涉及的内容自可先有大致的了解；不过，如果稍稍提升一点儿，更概括一些，这些文章构成的世界，不妨就包含了“天”“地”“人”的三个面向。举凡“环境与生存”的部分，大多可以归入“天”——“天”“人”相对的那个“天”——的方面，这方面的文章所言及的问题最关重大，不仅是眼前的饮食、呼吸，更是事关人类的存续与否；士军兄多年来，对此念兹在兹，具体实践和反复呼吁相辅相依，形成的文字正是这一方面关怀的留痕。“地”，大约从“行走的脚步”里可以寻觅，无论是海外名胜还是近旁的平常之处，只要景色、人情皆美，都值得体味、珍惜；这些可感、可触的自然风光和人文景象，在某种程度上，是被污损的环境的反题，提示人们要尽力保有我们周遭的美。至于“亲情和友情”，自然直接呈现了“人”的层面，由亲人、家庭，推而广之，及于师友伙伴，恰合乎传统情感上合情合理、推己及人的原则；这里，也有着作者最为柔软的文字。

“天”“地”“人”，构成的是一整个世界。士军兄的这百余篇文字，是这一整个世界的片片闪光，透露出它的广大。

心，近自然。沉着地快乐地走在蓝天之下大地之上，幸福而又美好。

陈引驰

复旦大学中文系主任

2016 年 3 月 15 日

序二

美，源于自然

杨士军先生是一位术业有专攻的优秀地理教师，一位知名的环保人士，更是一位年轻有为的基础教育专家。除此之外，他还有另一个身份，就是散文作家。

杨士军先生以突出的学术成就与教学业绩赢得了大家的认同，年纪轻轻就获评“上海市特级教师”。杨士军先生是知名的环保人士，他曾获得“上海市环保先进个人”称号，发表的一系列关于环保的评论与文章为人称道。杨士军先生同时就职于沪上两所著名的中学，担任复旦大学附属中学副校长与复旦大学第二附属中学的校长，长期服务于两所中学，对这两所中学的发展和教学水平的提升，作出了独到的贡献。

至于杨士军先生的第四个身份及其取得的成绩，这里我就准备多说几句了。这倒不是因为我在散文创作上有什么特别的造诣，而是基于我读杨士军先生的散文最多的事实，还有我对他个人的了解。

清新。杨士军先生的为人与为文都给人“清水出芙蓉，天然去雕饰”的感觉。美与雅，是烙印在杨士军先生身上的气质；同样，美与雅也是他散文的气质。他的每篇散文，不论是环保随笔，览胜记游的文字，还是叙亲情友情、述人情世故的感悟，读来都是那么清新自然，那么优雅温润，散发着浓浓的书卷气。

杨士军先生的散文，很多篇什，我还不止读过一遍。他的环保随笔，力倡回归自然理念。崇尚环保的激情，就像他率性坦荡、书生意气的为人。从这些作品中，我们读到的是一个正直知识分子“先天下之忧而忧”的阔大情怀，一个“位卑未敢忘忧国”的读书人对国家兴亡、社会发展的自觉责任意识。如《以自然为友》《通灵自然》《千岛湖之幸》《再见水乡》《向自然还债》《关注近旁》《做个畜生好辛苦》《善待长江》《把根留住》《沐浴与毁林》等篇什，都是这类既见作者真知灼见、又见其家国情怀的力作。相信读过这些作品的人，都会留下深刻印象，觉得有一种振聋发聩的力量。

众所周知，随着现代工业化在全球的不断推进，环境恶化的现实越来越严重。在残酷的现实面前，越来越多的人逐渐认识到环境保护对于人类生存与社会可持续发展的重要性。由此，我们看到了这样一种现象，上至政府官员、专家学者，下至社会普通民众，大家都将环保的话题经常挂在嘴上，甚至有些人将谈论环保视为一种时尚。我们承认，大家都谈论环保是一种社会进步的表现，是值得高兴的事。可事实上，现在很多侈谈环保的人都只是嘴上说说而已，并无意付诸实践。现实生活中，我们经常能见到一些人在公开场合高谈阔论如何加强环保，而一转身却忘了自己说过的话，想吐痰时还是随地吐，想丢垃圾时照样丢。这里，既可见出一个人的品行，也可见出其对环保的真正认识与态度。

杨士军先生则不然，他是一位专业的环保人士，他对环保重要性的认识高度不是一般人所能企及的。更为可贵的是他对环保几十年如一日的躬行实践。有关他这方面的事例，除了我们现实生活中所见所闻之外，在他的一些环保随笔中也能看到。如《从妈妈也“环保”谈起》一文，讲述作者母亲受其环保理念的影响在金山农村开展垃圾分类的故事，不仅令人感到振奋，也能真切地看出作者宣传环保意识的强烈以及身体力行所产生的影响力。

除了躬行实践，从自己做起，并带动全家老小一起切切实实做环保外，杨士军先生多年来一直笔耕不辍，不遗余力地向世人宣传环保普及理念，努力唤醒广大民众的环保意识。他在全国各大报刊发表的环保随笔多达几十篇。这些随笔，不论长短，都是有感而发，言之有物，不仅切中时弊，而且能够开出“药方”，提出具体的应对与解决方案。

如作者发表于《新民晚报》上的《环境——生存的压力》一文，相信读过的人一定有深刻印象。文章除了尖锐地指出了目前中国存在的严重的环境问题，还深刻地分析了问题产生的内在原因。作者认为，中国的环境问题之所以变得如此严重，甚至达到了积重难返的地步，除了现实的利益关系之外，更重要的是人的意识问题。对于已然摆到眼前的严重环境问题，大多数国人却以阿Q式的精神胜利法应对。他认为，“这一由五千年文化底蕴积淀而成的历史的‘品质’，使我们更多了一些麻木，不仅没有吸取外国的教训，反而嘲笑‘环境污染是资本主义世界特有的事件，社会主义没有环境污染’。如此，当我们发觉现在走近我们的并非‘猫’，而是真正的‘恶狼’的时候，我们还缺乏足够的准备”。

毋庸置疑，这种分析是深刻的、尖锐的，也是最能促人深思反省的。正是因为有此深刻的认识，作者才能在文末提出了因应之道:

"意识到自己正承受着压力，已经是自我治疗的开始；能够清醒地识别这种压力的层次，危害就已经得到了一定程度的控制。生存的自由，是每个人心向往之的梦想；生存的压力，是走出茂密丛林的祖先留给我们子孙的一份永恒的礼物。但愿我们能在新世纪到来的时候，认识环境给予我们的压力不是此人彼人，而是亦此亦彼。心动不如马上行动，因为我们的时间并不充裕。"这种透彻的见解，如果不是对环境问题有深入研究并长期深思的专业人士，是说不出来的。因此，我认为大家都来读一读杨士军先生的这类环保随笔，对于提高自身的环保意识，乃至"灵魂深处闹革命"，彻底认清人与自然的关系、环保与经济社会发展的关系，一定大有裨益。唯有如此，中国的环境问题才可能有一个大的改观。还山川以秀美，还天空以湛蓝，还空气以清新，才会成为现实，而不是梦想。

杨士军先生的散文，除了环保随笔引人注目外，游走行吟、登临览胜的文字也清新可喜，读之令人赏心悦目。作者说自己是学地理的，骨子里就有一种喜欢游走行吟、登山临水的中国传统文人的本色。几十年来结合专业工作拜山谒水，走了不少地方，足迹遍布祖国大江南北，在考察生态环境、人文地理之余，亦领略了不少寻幽览胜的乐趣。

登山临水、寻幽览胜，应该说是人人都喜好的。但是，这种喜好并不等同于审美，也并不意味着一定会有什么体悟。孔子"登东山而小鲁"，"登泰山而小天下"，杜甫远眺泰山而生"会当凌绝顶，一览众山小"的凌云之志，那是因为他们腹有诗书，胸有锦绣。孔子临水而有"逝者如斯夫，不舍昼夜"的人生感慨，李白观流而有"抽刀断水水更流，举杯浇愁愁更愁"的人生哀叹，那是因为他们志存高远，而忧伤功业不成。普通人登山临水，不外乎发出"这山好高""这水好清"之类的感叹而已。其实，自古以来，喜欢登山临水、游走四方的都不乏其人。但是，在这登临游走的过程中使自己身心得到放松，精神得到陶冶，并能将其愉悦的心情、独到的感悟用文字表达出来而与人分享，让他人也能从中领略到一种情感的愉悦或是美的享受的，则并非人人都能企及。熟悉中国文学史者皆知，中国历史上优秀的作家可谓多若繁星，但并非每个作家都能留下传世的记游览胜文字。可见，写山水游记，写寻幽览胜的心得感悟，并非人人都能为之。

杨士军先生的游记读来别有一种让人如临其境、赏心悦目的情致。山水记游文字能臻这种境界，是与他内心那份挚爱大自然、亲近大自然的真情有关，也与他率真自然而不做作的文字表达有关。如果没有机会读遍他这方面的所有作品，读一读《泸沽湖印象》《门源花海》《涅瓦河上的船及其他》《拉斯维加斯之夜》等篇什，也能管中窥豹，略知其大概。

至于叙写亲情、友情等内容的文字，在士军先生的散文中也占有一定的篇幅。这方面的作品，不少写得非常生动，就如同家人拉家常，显得特别亲切有味。自然流畅的文字，自然流淌的情感，犹如清溪从山间流出，清澈而清新，读来别有情趣。如《妈妈的自留地》《少年忆趣》《莲子绿豆汤》《寻开心的儿子》《最好的菜在锅里》等篇什，很是值得玩味。

如果读者朋友想全面了解杨士军先生的散文，领略其中的美，不妨静心读读这部散文集。相信大家一定会别有所悟，从中获得诸多美的享受。

吴礼权
复旦大学中文系教授，中国修辞学会会长
2015 年 11 月 28 日记于复旦园

Chapter 1 第一辑

行走的脚步

以自然为友

碧纯的河水大面积受到污染，城市上空出现成片的灰色，绿色以惊人的速度减少，许多生物在我们还不知道名字的时候就已濒临绝迹……

人类在自以为征服自然后，无底的私欲继续膨胀着，甚至忘记了自己是从何而来。

远古时候，人类认为自然是神，是上帝，对自然充满了敬畏；之后，人类以为自然是母亲，自己却成为最不孝的子女，贪婪地从母亲那里索取；再后来，人们便把自然当作了敌对方。

如果无端将一个人的头发剃光，相信他绝不会答应。但在黄土高原，几乎沿路的所有山头均曾被剃掉了“头发”。原本环境优美、民风淳朴的乡村却烟囱矗立，浓烟滚滚，人们不知自己和子孙将付出多少他们不应付出的代价。旧时四川有民谣说：“天生万物以养人，人无一德可报天。”对于自然来说，现在最追悔莫及的恐怕就是诞生了人类。

自然虽然无言，其实时刻都在清楚地提醒着人们正视其存在及其重要性。人类开垦草原，草原便很快变成了荒漠；人类滥伐森林，水土流失使原来的沃土变得贫瘠。洪水突如其来，雾霾不散，使举国上下感受到了自然的情绪——原来自然翻脸无情的时候是这么可怕！

所幸在一些人沾沾自喜于破坏自然而获得眼前利益时，不少有识之士看到了辉煌背后的危机。“一万个人的声援，不如一个人的行动。”宁夏沙波头几十年的努力，使治沙成为现实；环保志愿者杨欣等人继承自然之子——索南达杰、扎巴多杰等人未竟之志，在长江源建立了藏羚羊保护站；百岁老人几十年默默无闻地植树造林，给荒山披上了绿装；还有一位日本老人每年自费带着日本志愿者和树苗，不远万里到内蒙古植树造林；“自然之友”“地球之友”“根与芽”“生态之友”等团体更是继往开来地书写着民间力量在自然保护中的义务与荣耀……所有这些，都应验着这样一个事实：人类文明的进程“绿意渐浓”。也正是这样的榜样作用，激励起我等良知未泯的人们关心着地球，关心着我们的生存环境，化意识为切实的行动，力所能及地践行着自然保护的诺言。

如果说昨天和今天，人类是破坏自然的主力；那么明天，在屡遭自然报复之后，还自然以本来面目，使天蓝、水碧、气清、视绿景象再现的生力军，只能是人类自己。

与自然为友，其实是拯救人类自己唯一的出路。

逃离雾霾

雾霾中，看着孩子嬉戏的老人悠然闲坐。光阴，就如同指缝间的沙子一般缓缓而过，他们的神情是安详的，习以为常、安之若素。然而，看到雾霾中的孩子，我的心中总有一阵刺痛。

现今 80 岁以上的人们，仅仅是在生命的末尾才开始听说污染一词；50岁以上的人们，在成长期曾享受过清洁环境的恩惠；而如今那些幼小的孩子呢？他们从小呼吸着污浊的空气，吃着被污染的食品，喝着被污染的水，听着嘈杂的噪音，看惯了灰色的天空，没有听过真正意义上的鸟鸣，没有看见过身边清澈的溪流。污染对他们的影响，远远超过我们的想象。谁也不知道一生在污染中度过的他们，将会受到什么样的伤害。

然而，最可怕的是，因为没有体验过美好的环境，孩子们以为世界本来就应该是这样灰暗污浊的。曾记得有一则公益广告，其中的母子对话给我的印象非常深刻。母亲告诉孩子"天是蓝的"，而孩子却执意回答"天是灰色的，天就是灰的！"从小豢养在笼中的鸟儿不知道笼外的世界自由广大，便缺乏渴求自由的动力；孩子们不知道地球上的环境曾经是那么清新美好，也就自然缺乏向往清洁环境的热情。

如果有人在我们碗中下毒，我们一定会怒不可遏。然而，有人污染了空气，每日把"毒气"送入我们的肺腑，浸透我们的全身，我们却无动于衷。这是为什么呢？因为美好的环境正在远离都市，人们已经遗忘了清新空气的美好感觉；因为污浊的空气危害不会在一天里表现出来，也不能引起人们的警觉。

记得《读者》上曾刊登过一篇题为《我们的城市孩子在退化》的文章，读罢真令人有些难受。由于城市化和社会的高度发展，我们的孩子在获得了我们孩提时代不曾有过的发展外，也付出了巨大的面临自身退化危险的代价。他们整天被关在防盗门里，与自然隔绝，和"虚拟事物"作伴，足不出户也不用关心衣食住行问题等，但他们身心健康却在退化。这个教育难题的解决，关键是要对教育进行再认识。社会、家庭和学校能否协力开发自然这一大课堂，充分发挥"在环境中"教育的作用，关系重大。

萨冈有语:“所有漂泊的人生都梦想着平静、童年、杜鹃花。”所以，我始终认为，家长不妨抽点时间，带孩子回归自然，去森林和乡野走走看看。让他们看看自在生活的鸟儿，看看蓬勃生长的野草，嗅一嗅滋养生命的空气，尝一尝欢快流淌的溪水。只有体验过自然的美好，才能从内心深处向往清洁美丽的环境。如果孩子们有了这种向往，地球的未来才会有希望。

别忘了，在你有空的时候带孩子去郊野远足，体悟细雨温柔、暮霭沉静、夜色清幽，以及充满水的味道的空气，而不要让污浊不堪的东西污染孩子们清白的心灵。但愿久违了的清新早日回到我们的生活中，而不仅仅是停留在我们这些成人的记忆里。

通灵自然

> 如果我是富豪，我不会到乡间为自己修建一幢别墅，也不会在穷乡僻壤筑起杜伊勒利宫，我要在一道林木葱茏、景色优美的山坡上拥有一间质朴的小屋，一间有着绿色挡风窗的小白屋。
>
> ——[法]卢梭

在给学生梳理环境保护知识时,谈到“人地关系的历程”这个话题。高考一结束，陆续有学生找我，要我推荐一些游览地，利用暑期和同学结伴去亲近自然、感受自然。

我脱口道，不妨到四川去走走。早年，一次外出参加培训时，我有幸结识了三位四川朋友。从他们身上，我初步感受到了四川的人情淳美。其实，大美四川，美在山川，也美在人文。四川是每个对中国地理有些了解的人，都必然心驰神往的地方。“少不入川”，实在应该当作一句反话来听。我于是引用一位名家的文章，向他们煽情：“四川好地方，好在山水美，西部更有未经跋涉的荒山，还有未经斧钺的森林，你可以到那儿，在那儿的荒山古木中像梭罗一样，自己建筑一椽小屋，种些芋栗，养些鸡犬，吟唱小诗，任孩子同獐鹿跳舞，我们在这个被亚当与夏娃弄坏了的世界里，可以创造另外一个理想的世界……”学生们羡煞，迫不及待地说：“老师，我们这个暑假的时间交给四川了。”

可能因为在海边长大，有机会的话，我喜欢到海边城市比如海南、舟山小栖数日。海边天空澄澈明净，海边夜色深远沉静。在夏日的黄昏后，与家人或朋友一起，在正退潮的海边摆放一只小茶几，斟上一杯清茶，静静地等待海上生明月，看灿烂星河，听訇然涛声，当然，也允许你回忆、感慨、思考人生。清风明月不用一钱买，钢琴曲般的月光下，温暖的海风拂面，什么都可以想，什么都可以不想。

假日里，读书累了，写作累了，就合上书本，放下纸笔，去寻一处幽境，体会“草木通灵人兽不远”的诗境吧。心近自然、回归自然，与自然通灵，清新、光明和纯真，将重新照耀你的生命。

关注近旁

猴年一个筋斗就跳到了眼前。屈指算来，大学毕业 20 多年，不少同学的联系中断了。幸好，现在有了微信，很多当年的好同学，又再续“前缘”。

家住青浦的大学挚友谭同学和我在微信同学群中重逢后，来电约我去他家一聚。一则畅叙别后之情，二则游览青浦。我说，叙旧当在情理之中，作为上海人游青浦就免了吧。

谭于是讲了一件亲历的事给我听。一家合资公司的外方经理拿出与家人周末度假的照片给他看，照片上经理一家流连在蓝天白云、音乐喷泉、铁艺路灯、鲜花盛开的欧洲风情小镇。于是笑道：“到底是你们欧洲好啊，干净优美，古朴又不失现代。”外方经理连连摆手：“No，No，这是你的家乡青浦。”

听了这个故事，我和同学不禁有了同样的感慨：如果你在一个地方生活了数十年，容易认为对这个地方了如指掌，对身边的美竟难以发现或承认了。

关注近旁，留一片目光于近处，我们或许便会幡然醒悟：有些美，平常、朴素、简单，就在我们身边某个触手可及的地方。

妻子将孩子衣服剐破的地方补缀成一朵花；第一次为家人烘烤了“羊角可颂”；书房的阅读灯坏了，手糊了一个大灯罩，再画上兰花图，它又重新美丽地亮起来。在衣食住行的居家生活中处处都是美呢。

我比较喜欢黄昏时沿社区附近的街道散步，一边走一边欣赏沿街各具面貌的房子。有的房子铺着菱形的瓦片；有的房子是老式的木格百叶窗；有一幢大房子的门面是一排希腊爱奥尼亚式的柱子，柱头上有涡旋状的雕饰；道边的便民小店也风格迥异。远方有因距离而产生的诗意，近旁却因温馨而让人安宁。

放大看，细思量，在学校里，在我们师生日常的阅读、写作、文娱、体育活动中，美何曾片刻离开我们！

写到这，我不禁拿过手机，微信谭同学：“假日踏访桑梓路，只为故乡月更圆。”

崇明冬钓

放寒假了，好友顾兄约我们一家到他的老家崇明小聚。

风和日丽，空气清新，体感舒适。吃罢早饭，两家的妈妈陪着各自的孩子去采摘草莓。

在草莓田附近，有个池塘，还有个卖渔具的小店，我和顾兄借来鱼竿，配好饵料，准备来一次冬钓。

冬天不是一个垂钓的好季节，即使是上海的冬天。

这个季节，鱼儿通常只呼吸不觅食。最贪嘴的鲫鱼，也多聚于底层，少游动，更少觅食。据说不少钓鱼老手也会苦守一天，浮标都没见动一下。

难怪两家的妈妈和孩子都觉得我们两个男士的冬钓是瞎子捉鬼——没影儿的事。我们呢，也权作消遣而已。

下了竿，顾兄张罗着烧水泡茶。我发现他的鱼线浮标在下沉后又突然浮出，大喊“有鱼”。顾兄跑过来抓起竿猛拉，哈哈，一条银亮的鱼欢蹦乱跳地出了水。我用网兜去接住那条鱼，是一条鲫鱼，目测有近一斤重！

为什么这样的时节能钓到鱼？顾兄像个专家似的说，冬天阳光珍贵，一旦水面少有波澜时，鲫鱼会离开水底上浮到中上层，它们此刻最大的生理需求不是觅食，而是从阳光中获取能量。

大约又过了三分钟，我的鱼竿也动了。浮标下沉又回升，吞吐有序，只是动作幅度不大。瞅准时机，我顺手一拉，哈哈，又钓上来一条鲫鱼。

端杯喝茶，免不了又是一番鱼咬钩的理论分析：一是阳光明媚，气温较高，似乎有了些许春天的味道了，因此鱼儿小范围运动和觅食；二是目前水中温差很小，水面基本无风；三是我们背北朝南的位置佳；四是今天那位渔具店伙计拌的鱼饵正合鲫鱼们的胃口；还有五，也许是我们正好找准了鱼儿们过冬的栖息区……

随后二十分钟过去，水面毫无动静。差不多一小时过去了，终于又钓上来一条。孩子们和妈妈们每人提着一筐鲜润明亮的草莓，兴高采烈地回来了。他们“视察”了现场，发现桶中已有三条鲫鱼，都在七八两以上，一时惊讶无比，鼓励我们“再接再厉”。特别助兴的是，我们不一会儿又收获了三条。有一条不认识的小野鱼，看上去应是那种河海交汇处比较凶猛的鱼种，扔在桶里后还左冲右突上下翻腾。

吃午饭时大家心情都相当不错。侃钓鱼经，交流采摘草莓的心得，我们个个都像是老虎的脑袋——头头是道。

冬天里，垂钓者最美的梦莫过于对春日开钓的渴望。有了这个冬季颇为意外的钓鱼收获，我对于开春的首钓多了一份期盼。这不，咀嚼着凉拌的崇明小菠菜，想象着岸柳青黄春三月再来扬竿的约定，心底的喜悦油然而生！

收藏门票

因为做中学地理教师，所以崇奉“读万卷书，行万里路”之理。每到一处，饱览大好风光后，总要把各景点的门票细心收藏起来。

景点门票于方寸之间包蕴着一个绮丽的世界，锦绣山河、民俗风情、珍稀文物、孤本书法、绘画篆刻，尽含其中。景点门票又以多变求异的精心设计和特殊材质引人注目。

最常见的景点门票是纸质印刷品，而采用最多的形式是把最具特色的风景名胜摄影画面印于其上。如安徽的“天柱山”、上海的“大观园”、河南的“龙门石窟”等，使你一票在握，便已身临其境。而河南开封府、内蒙古昭君墓、广州黄花岗公园、浙江丰子恺故居等人文景观的门票，设计上匠心独具，不仅庄重肃穆，富含纪念元素，还让人联想到先人们的丰功伟绩、人格魅力。

也有景点门票采用书法绘画形式。像江西滕王阁的参观券是《滕王阁诗序》的书法，沈阳故宫博物院的门票是以国画形式呈现，上海锦江乐园门票则以儿童画为设计基调，上海老城厢的代表豫园的门票则采用线描手法，绘上了豫园全景，体现典雅的民族风格。

20 世纪 90 年代开始，插上高科技翅膀的磁卡门票，陆续在一些热门观光景点推出。如秦俑博物馆、张家界、云台山等地就使用这种磁卡门票。有的是成系列套票，有的为联票、年票等。

近年，又有“大昭寺”“卢布林卡”等 3D 门票惊艳面世，颇是吸引门票收藏爱好者的眼球。

在收藏界，景点门票并算不上啥“玩意儿”。然而，在我看来，有不少门票集美术、书法、摄影、对联、诗词为一体，加之设计新颖、制作精美，本身就是一件艺术品。收藏它们，不仅能丰富知识，增长阅历，起到特殊的教育作用，而且还能为家庭增添一些文化味道，提高家庭成员艺术品位，其纪念意义也是不言而喻。

景点门票的收集，本是我的个人爱好，却在无意中丰富了我开设的选修课内容。在“中国旅游”课中，我特地将收集的地图和门票与学生分享。一券一故事，在我娓娓道来的愉悦过程中，不仅增进了学生对祖国文化和世界景观的了解，也加深了师生间的友谊。前几年，有幸教授韩国班和复旦预科班《中国概况》课，中国旅游部分是学习和考试的重点内容之一。为了加深留学生的中国情结，我总是在课堂上不失时机地展示中国文化和自然风光，门票成为师生沟通和交流的纽带，许多同学也在课余时间把行走中国作为他们深入了解中国文化的手段。有一位韩国学生受我的影响，也开始收集一些门票，并寄给亲朋好友。不经意间，门票成了国际交流和理解教育的载体。

每当夜深人静，我常会翻出这些大小不一、色彩纷呈的“宝贝”。浙闽丘陵烟霭朦朦的春雨、东北平原漫天飞舞的雪花、云海缭绕的黄山仙境、杏花春雨江南小桥流水人家、苍茫辽阔的内蒙古东部大草原上的皎洁月光、钱塘江千军万马动起来的潮水之声、虎跳峡边的惊涛骇浪，一时间又重临心头。

变幻的海岸线

小时候，每逢节假日，总会约一些玩伴到海边嬉戏，这是儿时本不太多的乐事之一。

走上海堤，但见蓝天白云、海鸥低飞。大海在少年的心里神秘而幽远，春夏秋冬如同幻灯片一般不断变换着景色。

春天，天朗气清，惠风和畅，海岸边宽阔的草地上风筝翩翩，顽童们在这里尽情地放纵着天性，把大人们也带回了悠远的童年时代。夏日，这里绿草如茵，花香袭人，引得蜂飞蝶舞。走进这片天地，如同步入了一首隽永小诗的情境。到了傍晚，海岸边成了恋人们的天地，阵阵海浪拍岸声和着恋人的窃窃私语，使得空旷的海滩平添了几丝浪漫。秋日，我们又默默地感受着大自然的春华秋实。冬季来了，偶尔的银雪飞舞，又引得三三两两心存雅兴的人前来踏雪觅春……

在我的记忆里，至今仍定格着这样一个画面：夏天，烈日当空，晴空万里，一群孩子或在浅海嬉水，或在捉蟛蜞。尽管脸色晒得黝黑，但劳动和玩耍的快乐溢于言表，他们俨然忘了身外的世界。这是一幅画，一幅天人合一、饱含着诸多人生感慨的画。

然而，忽然有一天，推土机的嘶吼震碎了这里的宁静。它们从海塘公路向滩边草地一往无前地推去，不久，这里矗立起幢幢厂房、大楼、别墅。远远望去，海边如一块碧绿地毯上补缀着一块块五颜六色的补丁。打开窗户，闻到的是一股略带海腥味的含苯芳香的空气，机械的轰鸣声还在撞击耳膜。原来的美丽风景，消逝得无影无踪，成了只可追忆的影像。

告别这道风景的人们，心中沉重、惆怅。但眼前的现实对于他们来说，只是一种无奈的结局。在发展与环境的矛盾现实面前，他们又有什么高招呢？

当人们的价值观过于功利化，行为方式受功利思维的主导时，美丽的海岸线就只能成为记忆中的风景。

周庄素描

生在江南，长在江南，熟悉水乡的风景：咿呀作响的橹桨声，飘逸灵秀的采莲女，古朴独特的石桥深巷，形态迥异、梭子般穿行于水道中的船只……纵横交错的河流，将江南所有的景致皆编织进它的网中。

周庄，中国最富庶之地，地处太湖平原，毗邻繁华的大上海，赴沪不足两小时的车程。只因“镇为泽国，四面环水”的独特地理环境，“咫尺往来，皆须舟楫”的交通条件对外来者而言多有不便，使它一直就像是“身在闺中无人识”的小家碧玉。正因为如此，清兵入关、军阀混战乃至“文化大革命”的十年浩劫都与它擦肩而过。有近千年历史的古建筑几近完美地被保存下来。这是一笔丰厚的遗产，一个难以再造的奇迹。

“镇如泽国”的周庄是水的世界，水无疑是周庄之魂。每个到过周庄的游人都与我有着同样的感觉。然而再到周庄，你会发现“小桥”依旧，“人家”依旧，只是“流水”不再。若在水巷中穿行，不时能见到有人在水巷边洗菜或剖鱼，随手将菜叶、鱼肠子扔到水里，在河边住的居民还经常图方便，往河里倾倒垃圾。所以，主要河段的水面上总是覆盖着一层油污，还不时漂过各种包装袋等垃圾。有人说，如果没人天天打捞的话，水道很可能已经成为“垃圾箱”！其实，周庄水环境的隐患远不止于此。站在进入周庄必经的急水港大桥往两侧看，目光所及是一处紧挨一处的养鱼网箱，养殖行为使水受到富营养化的威胁。据笔者的观察，目前，周庄的水环境已濒临危险状态。如果继续不管不问，古镇的井字形水巷完全可能出现黑臭。届时，周庄的旅游业也会走向衰落。

一泓碧水才留住了千年周庄，给了周庄人发达的机会；但周庄人在编织自己的发展梦的过程中，如何留下周庄水乡的魂，周庄人的确还需要多一分清醒多一分理智。

朱家角印象

走了周庄的水巷、绍兴的乌篷船、同里的园林、西塘的作坊……不能不走一走朱家角。

踏上古镇的石板路，抬头是古老的骑楼和错落有致的翻轩，迎面是一排店铺，大红灯笼迎风晃动，粽子、熏青豆清香怡人。

小桥流水、宅院人家、乌篷小船映入眼中，犹如一幅幅淡雅清新的水墨画，使我这个久居闹市者顿生一种古朴、安详、恬静的感觉。突然，一家红红火火的喜铺映入眼帘，一律的红色：红色的招牌、红色的“朝天椒”、红色的鞭炮、红色的中国结，连主人的着装也是红色的唐装，一派新年的喜庆氛围。门口摆着各式各样的古装小娃娃，有的怀抱一条鱼，象征着年年有余；有的正在给路过的行人作揖拜年；

还有一对婚礼娃娃，正噘着小嘴亲吻，引得一众游人驻足。

箍桶、劈篾、打铁、弹花，这些和水乡人的生活紧密相连。而今这些在其他地方已消逝的行业却在古镇朱家角的街巷不时可以瞥见。镇上有家竹具店，粉墙黛瓦、曲槛长窗，主人在门口还养了只斑斓的孔雀，几个孩子正蹲身逗引孔雀。店门前挂着很多由竹子编成的小灯笼，有的写着“吉祥如意”，有的写着“马到成功”，不时有游客买一个回家。竹编老人说，他的爷爷和父亲以此为业，常年在外走村串户，赚钱养家糊口。不过，他如今在这里主要是为了表演，游客喜欢也会买点小玩意儿带回去，手艺传到他这一代也没有继承人了。我问他是否遗憾，他笑了：“孩子们日子都过得不错，还有什么不满意的呢？”

经不住此起彼伏的吆喝声的诱惑，循声而去，瞧，糯软的扎肉、香甜的扯白糖，令人垂涎。一家店铺，有个中年人正在舂年糕。他戴了一顶黑毡帽，上下抡动大木棰，一旁的游人大惊小怪道：“原来做年糕如此辛苦！”

腿脚走到有些酸胀时，寻一家清净茶楼稍息。再出门来已是傍晚时分，站在“放生桥”上，凭栏而望，但见有船工摇一艘水泥小船，正在打捞水中的漂浮物。河面碧波柔柔，橹声咿呀。凝视着河中袅袅升腾的水汽，我感到周身毛孔似乎都在吸吮着水乡的绿意和幽香，每根神经都松弛了下来。我的心被水乡小镇的宁静氛围和舟上穿着橘红色工作服的保洁工熨得服服帖帖了。

战栗与温柔

生在海边、长在海边，似乎习惯了海的宁静和活力，以至于闻到海风腥咸的气息，听着海浪连绵的吟唱时，海之魅便挥之不去。

于是，在朱家尖休养，有缘饱览十里金色沙滩，在我是一个难得的享受了。

记得当时安顿好行李，便迫不及待地朝水彩画般的壮观、平坦、辽阔的沙滩奔去，径自去撞破这一片神圣而甜美的空气，我欢呼着跳跃着去接近心目中那期盼已久的梦了！

时值仲夏，暖风拂面，迤逦的海岸线白浪翻滚。漫步金色沙滩，步履柔软，一步一个脚印地朝前走时，我有一种想要跪下的感觉。如同面对父亲威严犀利的目光，我无法不被一种深沉的力量击倒。在这里，我找到了前所未见的一种东西，一种触及灵魂最底层的东西。也许，还有发自内心的震慑，那种人类面对大自然的伟力而产生的原始的本能的震慑。我并不为自己有这种心情感到羞愧，当你面对那壮美的排空海浪时，怎能不产生一种心灵的战栗呢？

面对辽阔苍茫的大海，我感觉自己太渺小。孤独站在沙滩上的我，在海的深沉、朴实、博大与奔放面前，是如此地不堪一击。尘世所有的功利、浮躁、虚妄和狭隘，早已随风埋入了沙底。海面有低舞的生灵，许久，才辨清那确是海鸥，一、二、三，共三只，其中一只似乎渐渐地近我而来。最后，它们先后落在我身边的沙滩上，有时，海鸥的视线会猝然间与我的目光相遇，但很快闪开又回到它们的世界里去了。我茫然若失，静静作别，在心中祈愿它们自由、平安……

距离那次看海，转眼已十多年。但海因为带给你的战栗与温柔而成为你忘不了的朋友。

临风千步沙

千步沙的海风，骤然而至，骤然而逝，忽起忽落，忽大忽小，其令人难以琢磨的情形，像极我们在人生路上前行，时而山重水复时而单一明了。

无风的时候，站立于海边，气息柔和清新，水天交织出一种难以形容的脉脉温情。丝丝缕缕的清香，淡雅地弥漫着，浸润着你整个胸膛，也浸润了你全部的身体。朦胧中，你仿佛幻化成午后一只久久停驻在枝头的蝴蝶，尽情地享受那份自然的香气，让你镇定、从容、淡然。空灵、飘逸之气，恰似一桅白帆，摇荡于心湖，留下一片静谧。

千步沙的风，是多姿多彩的，有春的喜悦，夏的爽朗，秋的辉煌，冬的希冀。

千步沙的风，是有气味的。海潮声声，空气里弥漫着浓浓的海腥味。乌云翻腾，似乎有巨人的手要遮住太阳；海鸥尖利的叫声划过天空，它们的身影像闪电，像白色的精灵；巨浪一重一重冲击海岸，勇敢的人面对大海，矗立成一尊石雕，静静感受来自心的海洋的生之气息。

大海漫无边际，风潮自有分寸。临风千步沙，如欣赏一幅工笔画，又如读一首哲理长诗，让人冥想、沉静。

难读绍兴

从小读鲁迅的书，不仅敬仰鲁迅，也向往绍兴。提到绍兴二字，脑中即刻会浮现出绍兴花雕酒、黑毡帽和茴香豆。

承蒙绍兴籍大学同窗的盛邀，得以一游绍兴。

当火车驶进绍兴，时已夜晚，繁星当空，月牙初上，窗外流光溢彩，甚是热闹。

次日，小车载着我们在绍兴城里四处游览。我感叹印象中小桥流水和飘逸灵秀的采莲越女不可见，泥土与庄稼的清新气息也难以闻到。说者无意，听者有心。第三天，好友骑车陪我采风。不多会儿，已带我看了好几座小桥，清一色的石桥，式样古朴，横跨在灰白色的河面上。桥的两岸都是老式房子，妇女们蹲在沿河的台阶上用棒槌击打着衣服，洗净的衣服晾在桥栏上、树枝上。岸上一老妇人正用蒲扇轻煽刚点燃不久的煤炉，辛辣的烟气中古桥流水半隐半现；河中乌篷船船梢上的伙计哼着“莲花落”，手里提着一烟袋，旧毡帽一如闰土所戴的那样，眼神里倒是个个快活。

好友指着脚下宽阔的马路，说：“这里原来也是一条河。三四十年前，绍兴到处是河，纵横交错，当时绍兴有各种桥计万余座，是‘中国威尼斯’。后来，绍兴开始填河，至今已填了大半。”听此，满怀遗憾的我，不禁想到一个有趣的问题：绍兴是怎样的好？是原来古朴安逸的绍兴好呢？还是如今新潮摩登的绍兴好呢？朋友说，外地游客和当地人的回答不同。外地游客喜欢绍兴的古朴、纯净、柔美……最好一点也不要改动它，坐坐乌篷船，走走石板桥，喝喝老黄酒，领略水乡醇厚的风情。然而，当地人喜欢现代化了的水乡。他们希望以车代舟，希望住高楼，用上自来水……他们要经济发展，追求舒适安宁和富有情趣的都市生活。

所谓“鱼与熊掌不可兼得”。如果要使游客获得充分的满足，绍兴理应维持百年前的模样。那绍兴人呢？他们希望建设一座有现代感的城市，而不只是一座博物馆，一个专供游人怀旧的荒弃园子。

当我踏上归途时，又担心起来。有朝一日，绍兴细雨和风、花香鸟语、平湖曲岸、古朴清纯等等昔日的神韵和极具诗意的意象，恐怕只能存在于我们想象里了。绍兴不是仅有的个例，全国古村镇不都存在着保护与发展的矛盾吗？

千岛湖之幸

世上原本没有千岛湖。

没有丰富的想象力，人们真是很难相信，这静卧湖面的1078座岛屿，当年曾是直冲云霄的峰峦。

千岛湖可是新中国的儿子。1960年，中国人建成了第一座自己的大型水电站——新安江电站。电站库区浩浩然573平方千米（接近新加坡的国土面积），可蓄水180亿立方米，郭沫若形象地称其为“西子三千个”。

千岛湖岛多林密，景秀石奇，更有令人仰慕的先贤遗踪。然而，到过那里的人，最难忘的是那一泓清得叫人心颤的碧水。“这水就是我小时候喝过的水”“农夫山泉有点甜”，海南养生堂出产的农夫山泉水就是产于此处，它也成为世纪之交国内饮用水革命的代名词。无论何时，你一眼就能看到水下七八米深处的鱼儿在悠然游弋。湖中一岛上有摩崖石刻“天下第一秀水”六个大字，遒劲有力。这是新闻界前辈穆青的手迹，也表达了所有游人共同的心声。

一湖好水，在国内实不多见的好水，是千岛湖的灵魂。

金秋十月，丹桂飘香。友人邀我到千岛湖小住，临湖听涛，推窗读湖。清晨，临湖远望，满眼氤氲，几声野鸟长鸣，让人屏息；入夜，隔水纵目，月光泄银，湖面深处，数点渔火闪烁，引人入梦。

千岛湖生就一副处子容颜，可一旦翻起脸来，却又是咆天哮地的金刚面目。千岛湖泄洪，气势直逼钱塘江大潮。湖水被挤出大闸后，形成道道巨大的弧状水流，奋力抛向空中，再狠狠地向下摔去，惊起百丈雪雾，发出震耳轰鸣。

千岛湖的一动一静，显示的都是人的力量。当年，是人造就了这湖；而今，这湖也养育了人。

人与自然是需要“磨合”的。几十年来，千岛湖和淳安人共同走过了一条成长之路。自家乡淹没在湖底后，淳安人开始再造县城，为发展当地经济，在湖边兴办过不少工厂。但千岛湖并不认可，它不愿接受工业文明附加给它的负效应。淳安人在得到它的一次次警告后，痛下决心，陆续关停并转了一批污染型企业。对人给予的呵护，无言的千岛湖以清水谢恩。要知道，如今是金钱易挣，清水难得。

与太湖、巢湖、滇池等众多湖泊的命运遭到挑战，甚至严重的打击相比，千岛湖受到了人们更多的礼遇。于是，游人纷至沓来，当地的旅游业因为千岛湖兴旺起来。淳安人最懂得千岛湖的心事：它很乐意接受四方宾客的热情，却厌恶那种随意的放纵。所以，这回淳安人抢了个先手：宾馆里建了污水处理装置，油轮上配备了废油回收系统，湖岸边严格管理垃圾堆放，湖区中规划了常年禁渔区，还在当地开展全面禁磷的尝试。淳安人要以自己的诚意赢得千岛湖的欢心。

我为千岛湖的今天感到欣慰。这样说，是因为我感到了人湖之间的和谐，以及淳安人为此正在付出的努力。

善待千岛湖，就是善待淳安；善待大自然，就是善待人类自己。

幸哉，千岛湖。

芜湖印象

幸好，我总有兴趣，也看得见听得到。在那座青春的城市之中，我看到空间的无限与时间的流动，我被深深地感动了。

初到芜湖，是在入夜。从火车站到安徽师大的路不远，静是我对芜湖最初的感觉。作为久居大都市的人，初入小城的感觉可能都一致。车行路上，前方转弯处突然霓虹摇曳，一如白昼，使我顿生走错地方的闪念，接我的李老师及时指出：不错，这是芜湖最繁华的地段，前面的开阔处便是芜湖的象征——镜湖。霓虹闪烁的地方是中山路步行街，据说能与你们上海的南京路媲美。我不想说什么，也没有更多的发言权，点头称是的同时，总有些不以为然。

第二天，同室的老师要我陪他走走，我欣然应邀，直奔步行街。所经之处路面整洁，车、人等各行其道，井然有序，原来这个小城市如此文明。踏上了步行街，豁然开朗，一律的大理石、花岗岩路面，两边和路道中央的建筑、点缀造型各具特色，风格迥异，颇能体现现代化城市的魅力。商店布局合理，商品琳琅满目，最重要的是服务人员礼貌周到，服务水准和意识上乘，这些会让上海的同行感到自惭形秽。所以，芜湖人在推出步行街的同时，更推出了芜湖的品牌。有句广告说得好："世界从这里了解芜湖。"我想这不仅适用于新建成的芜湖长江大桥，更适用于这段不长但足以与国内外任何大城市的步行街比肩的街道。

如今，芜湖地方的《大江晚报》俨然已是我的新朋友。通过它，我了解了芜湖的更多，比如，芜湖的经济实力居安徽省前列，人均国民生产总值为全省首位；芜湖更是一座劲吹改革之风的城市，"傻子"瓜子、"美的"空调、"奇瑞"轿车……在国人眼中，这些已不再是一个个简单的品牌，而是改革创新的标志；芜湖人的言行中总少不了推销自己的词汇，副市长在我们这个教师进修班的欢迎会致辞中更是表达了她的这种思想，但却让人倍感亲切、富有诚意；当你看到《大江晚报》等媒体在开展"芜湖大桥该不该让行人上"的讨论时，我们看到的不仅是江城父老的开放，还有城市管理者的民主与真诚的胸怀；芜湖人又是好客的，在师大，无论是住处还是复印文件的地方，举凡需要麻烦人家的地方，均能得到耐心、完满的服务。有时候，我也在想，我们到底凭什么值得人家如此热情、周到？显然，我敢肯定，没有观念的转变，就没有芜湖的今天。一座城市，只有富于包容性，才能"大"起来，"强"起来，人们的生活方会更美好、更有希望。

对于一座城市的了解，不要说是一个甚至没有经过走马观花的游览与考察的过客，就是在这里生活一辈子的人，也未必是完全的。况且，在一个城市生活得越久，对这座城市的不满也越多。所以，作为一名作短暂停留的异乡过客，我不敢对芜湖多加置评，只希望能见一斑而窥全局，尽可能从一些侧面了解芜湖的个性，我只愿做到这一点，因为我更希望芜湖在我心目中的印象圆满些。

走进西递

一到芜湖，我就问当地人："除了黄山，安徽还有什么特色旅游地？"他们自豪地跟我说："打好黄山牌，唱好黄梅戏，做好徽文章。"这就是我们安徽发展旅游的三个重拳。随后，他们反问道："去过徽南的西递和宏村吗？"我答："没有。"接着，芜湖人便像老师一样地向我介绍：西递和宏村是一部徽派历史的精华本，虽然是静的，却耐看。之后的日子，我心里总盘算着能有机会亲往，也算是在皖三个月培训的意外收获。

忽一日，我们真的有幸直奔这素有"桃花源里人家"美誉的皖南古村落——黟县西递。

车子在国道上飞驰，一拐弯就在一排宏伟的马头墙前刹住。时间在这里似乎停住了：船形布局的村庄依山傍水，粉墙青瓦鳞次栉比，飞檐翘角突兀多姿，保存完好的明清建筑和自然景观在此和谐地融为一体。这便是我对西递的第一印象。

穿过一座厚实而庄严的牌坊，村落中古色古香的街道和建筑便映入眼帘，还有形形色色的人流。小村里耐看的古迹甚多，只要你转身随便走进一户人家，你都会觉得值得一看。许多东西无意间一摸，就可能有上百年的历史。最值得回味的是，西递家家户户有门额、楹联，"作退一步想""几百年人家无非积善，第一等好事只是读书""孝悌传家根本，诗书经世文章"等联语，字里行间，皆表明了村里人淳朴的民风及读书做人的态度，不时地透射出寓意深刻的哲学道理，使人在不知不觉中，接受文明和尚学的教育。而对“真正的家教即质朴的以身作则、言传身教”，也有了更深一步的认识。

村落深宅处处，庭院深深，高大的马头墙错落有致。虽然多数人家面积不大，但布局却别有讲究，显尽主人气派，又不失书香味。在明清时期，这儿可是徽商的聚集地。凭借着官商同流的优势以及儒商的道义，徽商几乎垄断了在盐业、丝绸、大米等方面的经营，常可牵动整个朝廷的神经。因此，这里时有朝廷要员、达官贵人造访，留下了不少经典故事或戏说传奇。西递人崇尚“学而优则仕”。纵观村史，西递确乎人杰地灵，历史上进入仕途的有百十人。不过，他们为官一任，都能造福一方。西递人在外奔波劳碌于生意、官场的同时，亦不失时机地把徽文化传播开去。

石雕、砖雕、木雕，是西递独特所在。石雕漏窗“岁寒三友”、砖雕“井花香处”、木雕楼阁等，堪称稀世之宝。而今，村里不乏这些传统手艺的继承者。只是他们今天从事这些手艺，除了贴补一些家用外，主要是作为吸引游客的手段之一。那天，临别时，我特意选购了一件“琴棋书画”的砖雕，想留作纪念。没曾想，因为学习，先搁在芜湖的安徽师大。回上海时，因归心太切而忘记带上，至今遗憾。

惊喜总是在意料之外不期而至。返沪的几天后，忽从报上读到西递和宏村因为美妙绝伦的古建筑和浓厚的徽文化底蕴，已被联合国列入“世界文化遗产”目录的消息，我顿时神情为之一振，不禁遐思万千，仿佛又回到了千里之遥的古村落，遗落砖雕之憾，早已丢到了爪哇国。

芙蓉镇上看《芙蓉镇》

现今40岁以上的人，都应该知道电影《芙蓉镇》。正是这部电影，捧红了一批大腕级的导演和演员。第一次看《芙蓉镇》的时候，年纪还小，所以，里面的许多情节都不太懂，更谈不上艺术的熏陶。

2002年暑期去张家界，其中一站便是芙蓉镇，我倒是很乐意。因为，能在当地看一场《芙蓉镇》，实乃幸事。

"芙蓉镇原名王村，是一座土家族人聚居的古镇，镇中至今保存了完好的青石板路以及古民居（主要是吊脚楼），电影《芙蓉镇》就是在这里拍摄的。"没有去以前，对芙蓉镇的了解仅此而已。到芙蓉镇时，已近傍晚。一路的颠簸，颇有些身心疲惫之感。但在船靠岸的刹那，芙蓉镇那一种充满土家族味道、未过度开发的环境，让我们中的许多人都很是好奇。刚安排好住宿，我们便马不停蹄地跟着导游在石板街上穿来穿去。电影中的景象已经模糊不清了，但亲自走一下的感觉却实实在在。米豆腐店一家接一家。在当年刘晓庆"开"的米豆腐店停下脚步，我们想吃一碗正宗的米豆腐。但看到那里不太卫生的环境，我们还是忍痛割爱了。据大多数食客反映，米豆腐的内容不如米豆腐的广告做得好。

晚饭后，天色渐暗。有人提议花10元钱，请个船工带我们夜游猛洞河，观赏乡野的夜景。可是，有人反对，怕不安全，只好作罢。我看到住处旁有一家专门放《芙蓉镇》的电影厅，遂邀请他们前往。在一番"思想工作"后，仅有两位应邀。当我前去购票时，售票员却说，只有三人不放映，让我回去再"动员"其他人来。我知道邀请本团的人是无望了，便在宾馆前做其他旅行团的工作。所幸通过我们的“串联”，终于有五位河南人“加盟”。虽然人数依然不多，但放映方考虑到我们的诚意，最后也破例亏本放映了。此时，比正常放映时间已经晚了1小时。不过，我们为自己能有机会享受到八人看小电影的“特殊”待遇而高兴。说实在的，这在商业味特浓的上海可是不太现实的。

在电风扇的“哗哗”声中，《芙蓉镇》开始了。由于经常放映，拷贝磨损较多，放映的效果受到了影响。好在我们只是为了身临其境感受一番，要求也就不高。看到影片中涉及的场景，就是几小时前我们亲自走过的地方，自然有种亲切感，至少在感情上，我们走进了《芙蓉镇》。值得一提的是，重看《芙蓉镇》，我们深切地感到，刘晓庆的演技实在了得。她以自然而富有激情的表演，将农村妇女胡玉音在不同时代、不同年龄段的心态，还有其勤劳、善良、敢与命运和环境抗争的个性充分表现了出来，仿佛一下子把我们带到了几十年前的芙蓉镇。

据说《芙蓉镇》曾遭遇过禁止公映的挫折。撇开这些不说，就电影所揭示的深刻内涵和艺术价值来看，恐怕到现在国内也没几部电影能出其右。也因为如此，它成为刘晓庆最具代表性的电影之一，使她荣膺第十届大众电影百花奖最佳女演员奖及第七届中国电影金鸡奖最佳女主角奖。电影虽然在水边的一处吊脚楼轰然倒塌的镜头中戛然而止，却留给人们无尽的思索。让那些不愉快的往事和经历都成为历史吧！让愚昧被洪水冲走！谁也挡不住时代发展的滚滚洪流！

张家界品茗

张家界旅游的最后一个下午，经不住年轻导游“可怜加可爱”的怂恿，我们最终还是忘记了“捂紧口袋”的警戒，跨进了坐落在某宾馆深处的张家界绿色保健茶厂经销站。

说实在的，现在推销茶叶似乎成为每处旅游地的保留“节目”，所以大家几乎无购买的想法。然而，就在我们步入经销站大厅的刹那，眼前的大幅宣传墙报却使我们自觉地驻足细看。至今，我还记得海报的大致内容：“张家界地处湘西，砂岩广布，地势起伏，土壤肥沃，气候温润，茶树遍野，纵为寒冬，也是郁郁葱葱，乌绿一片。此地盛产天然苦丁茶，因没有污染，多次被评为金奖，为指定无公害茶叶……”我想起宋代朱熹曾咏诗曰：“仙翁遗石灶，宛在水中央，饮罢方舟去，茶烟袅细香。”描述的大概就是此种意境吧！

待我们一行在一茶室坐定，茶艺表演随即开始。招待我们的是两位身着工作服的姑娘，其中的一位向我们这些茶客展示茶艺。纤纤手指，不紧不慢地温壶洁具，将闻香杯、品敬杯擦拭干净，接着取出茶匙，引茶入杯。第一次冲泡的茶水不是用于品敬，而是洗茶和温壶，让茶壶内外温度一致。到了第二次冲泡才算正式，每道泡茶工序均冠以“悬壶高冲”“凤凰三点头”“春风拂面”“关公巡城”“韩信点兵”等悦耳名字。最后，姑娘柔声细气地说：“茶倒七分满，留下三分情。”在我的屏息注目下，她将香醇、汤清的茶水倒入闻香杯里，覆上品茗杯，来个“倒挂金钟”，摇着转了半圈，谓之“天地合一”。就在此时，另一女子将香茗一一端来献给我们。我们简直是受宠若惊，不知如何接杯，只好以手合十，连声道谢。一打听，观看茶艺表演不要买票，享用这“敬茶”也不用付钱，顿时心中漾动着赞叹和感激。就在这水碧茶香的茶室中，我们品尝了无公害的苦瓜茶、苦丁茶和兰贵人。从观看美妙绝伦的茶艺表演，到品尝湘茶的香醇、爽口、舒心，我不但喜爱张家界的好山好水，更看重这无公害的苦丁茶，敬重无铜臭污染的张家界儿女的美好心灵！

受到这般礼遇的我们，全然放松了来之前恐怕挨“宰”的警惕，大家纷纷解囊，或为自己准备，或赠送亲朋好友，你一罐我一罐地争着付钱。虽然有少数人怕受骗上当，但多数人还是你情我愿。提着自以为最好的无公害茶走出茶室的时候，我注意到一张张笑脸荡漾着青春，旅途的疲惫也便荡然无存！

待旅游车辆要发动时，我禁不住起身，默默地注视着眼前的这家茶厂经销店，一股由衷的欢喜和敬意伴着怀想中的缕缕茶香，一同自心底里升腾……

泸沽湖印象

经过约七小时山路的颠簸，好不容易从丽江赶到了川滇交界的泸沽湖畔。

这之前，对于泸沽湖的了解，只是经由杨二车娜姆写的《走出女儿国》（其实，摩梭人对此书并不太认同）。此书结合她自身的经历，给人们讲述了一个由于交通闭塞而留存至今的母系社会生活方式下的摩梭人（属于纳西族的一个分支）的生存状况。其中，印象深刻的是独特的“阿肖”走婚制，多少给人一种神秘感。于是，在本次滇西北考察线路中，特地安排了此站。

下午三点多钟的太阳，在落水村及泸沽湖，依然显得绚丽多变，环顾四周景致，浑然一幅山水画。那种莫名的恬静，让我们这些久处尘嚣者一开始还真难以适应。不过，稍息片刻，当你用心留意一下周边人们的休闲模样，便也能摆出恰到好处的悠然自得状，与他们一起乐不思蜀了。

泸沽湖沿岸垂柳环绕，似一位擅长泼墨的丹青高手，用厚重色彩晕染。印象中，泸沽湖湖水的绿还没有哪位名家描述过，总觉得与自己目睹过的其他湖泊全然不同。据导游介绍，泸沽湖水色达到十二度，属于相当透明纯净的那种。在岸边你可以看清水藻自数米深的湖底随波而上，在湖中荡漾。而那些白色的小水藻花则在湖面上轻歌曼舞，那份逍遥劲儿令人浮想翩翩。

摩梭人最早便是依靠水中作业而生存的，他们打造的独木舟至今还是泸沽湖上唯一的旅游交通工具。摩梭人自岸边到湖中南部的里务必岛的摆渡方式也有别于别处，他们往往一家人（通常是二至三人）同舟共济，女的把舵，男的摇桨，一路船歌不断。有时候，前后左右的船夫一起拉歌对唱，摩梭人天生就是唱歌的好手，引得不少好歌的游人也心生欣慕。由于长期受到紫外线的辐射，摩梭人生就了黝黑的皮肤，而更显眼神炯炯。我对自然的敏感往往胜过对民俗和歌舞的热情，在更多游客沉醉于晚上约两小时的摩梭篝火和歌舞时，我更倾心于夜色斑斓中，人与北斗七星的对话。在此氛围下，人俨然是自然的一员，与环境融合为一体。那一夜，我们都在各自的心境中走入梦乡，收获着摩梭人和泸沽湖给我们带来的和谐之美。

当黎明降临泸沽湖畔，我们于远处的公路眺望，就见一层薄雾缭绕，水透明而至纯。一摩梭人正驾着独木舟在拉网收鱼。我们驱车抵达里格岛时，时有散客推开临湖的小窗，舒展着双臂，准备欣赏美丽的湖水和远山的景色，那是别样的天人合一。我们在为昨夜失去与湖共眠对话的机会而懊恼的同时，也为能在清晨有缘造访里格岛而庆幸。凭湖而望，对碧水、青山和绿岛的恋情，于我似乎是与生俱来的感觉。

细雨在晨曦中降落，悄无声息。我们甘愿暴露于雨下，任其摩挲。我听见大家面朝湖畔近处的大山，忘情地呼喊，心灵再次得到洗涤和净化。雨，洒落在泸沽湖湖面上，湖面漾出细细的涟漪。泸沽湖作为摩梭人的母亲，负责任地维护着那份村野乡间“乌托邦”式的淡泊生活。当城市人试图揽其入怀，准备精心设计甚至愚蠢地希望改变时，浮躁和飞扬则依旧被她牢牢地挡在湖区之外。

带着一份自以为有把握的了解，我们就要离开美丽而富有诗意的泸沽湖了。再回首，看一眼属于摩梭人的泸沽湖，心中的依恋如故。格姆女神山朝我们挥手道别，导游说，那是希望客人有机会再来。

车，远去，留下一路的勿忘我……

心随歌动

应该是好几年前的某日，去超市购回一箱蒙牛。开箱时，意外发现商家附赠了一盘名为《请到我们草原来》的 VCD。来不及喝牛奶，便迫不及待地把 VCD 往电脑里塞，随即德德玛演唱的《美丽的草原我的家》便悠扬而起：“彩蝶飞扬百鸟唱，一湾碧水映晚霞……”顿时，我仿佛置身于那歌的海洋、舞的故乡、牛羊的牧场。

我虽从未踏访内蒙古草原，却始终在关注着它。我曾在电视中见识过那达慕盛会的欢快与豪情，平时听过来自草原的同事对家乡的激情描述，我也曾读过席慕蓉女士讲述其祖籍地时的激动与感怀，还有就是目睹近年来内蒙古军团（如蒙牛、小肥羊、鄂尔多斯等）全面抢滩大上海的商业举措 ……而今，当我再次聆听腾格尔、阿日布杰、萨楞格日勒等内蒙古歌手深情、浑厚、优美的声音，和着马头琴与电吉他等中西结合的乐器发出的旋律，不禁对草原辽阔而悠远的意境愈加神往。比起那年暑期在辽西曾目睹到的草原一角，内蒙古草原的云脚一定更低，牛羊一定更靓，水草也一定更丰美吧！聆听歌曲，感受草原、蓝天、白云、羊羔、奶牛……到草原去看看，心已经随歌声而动。

一年以后，我有缘和另两位老师一起应邀赴呼和浩特讲学。“包头空难”刚发生不久，我们还是如约前往。我们到内蒙古时受到了较高规格的礼遇，时时处处感受着草原人民的盛情与豪放。在邀请方的专门安排下，我们还有幸领略了几处代表内蒙古文化的景观。

11 月底的河套平原，俨然已是冬季。西伯利亚的强冷空气使该地气温骤然降到了 -15℃。天寒地冻的塞外，此时完全没有了那份曾经向往的那种绿色，自然也就少了一些印象中的草原情调。主人明白我们的心思，特意安排我们走进坐落在成吉思汗衣冠冢附近的亚洲最大蒙古包。在经过高科技武装的大蒙古包墙面上，“风吹草低见牛羊”的草原，显得那样广阔无垠。音乐响起来，蓝天、白云跟着牛羊跑……我犹如回到了夏季大草原的真实情境中，禁不住屡屡按下快门。尽管如此，全程陪同我们的校长还是一再说抱歉，提议来年夏季再来感受一番真正的草原。

鸡年新春，昼短夜长，屋外阴雨连绵，心情也不怎么样。坐在电脑前整理文章时，发现自己写过的这篇没有结尾的文章，便欲“狗尾续貂”。于是，再次驱动光盘，来自草原的旋律又一次响起，也算神游草原一回。歌中有人，足可赏心；歌中有景，足可悦目；歌中有情，足可动听。遥想不久前的内蒙古之行，不知不觉间已是心宽气畅。随手翻开了通讯录，给呼市二中的乔校长发了封短信，道声谢拜个年，不知她能否收到这份迟到的祝福？

音乐还在继续，儿子已急不可待地在身边催促我快些趁雨停间隙陪他出去散步。我慢慢关机，余音依旧缭绕，挥之不去。

门源花海

油菜，小时候在上海金山老家，乃是寻常作物，宅前屋后，总少不了它的身影。犹记得油菜自初冬栽下，到春季开花，5月中下旬收获，我总是帮着母亲一起打理，居然在收获了不少丰收的喜悦之外，也增添了许多至今都抹不去的童年生活的回忆。

不过，说实在的，油菜花虽美，我却对它印象不深，许是应了那句老话：“最熟悉的可能就是最陌生的。”今天倘若让我说说油菜花有几个花瓣，也只能大概猜个数而已。后来，在地理课上，方知油菜在中国分布很广，但主要集中在长江流域，而金山漕泾、山阳两个乡是全国油菜单位产量最高的乡。

到了20世纪90年代，由于工作，我就很少回老家。当然，偶尔回家，赶上看油菜花的时令也甚少。这样，油菜花，连同小河、鱼虾、杨柳、稻田、蛙声……便一同隐藏到脑海的深处了。事实上，又有多少来自农村的孩子会在乎油菜花呢？

近些年来城里人倒是逐渐对油菜花稀罕了起来。在上海世纪公园一角，还专门种上了一片油菜，在花季供大家来欣赏。可惜的是，赏花完毕，这片油菜即被“清理”了。原本需要收获油菜籽的油菜，现在却成了观赏植物，可惜了！

再后来，有“花痴”索性设计出了观赏油菜花的线路图，在不同时间，去不同的地方欣赏油菜花，追逐春天。最近，还在网上看到有人据热门程度评出的十大观花胜地，分别是：陕西汉中、江苏兴化、湖北荆门、云南罗平、重庆潼南、青海门源、浙江瑞安、上海奉贤、江西婺源、贵州贵定。

7月8日至13日，随“爱的教育”研究会去青海走访了12所学校。途经门源时，有机会见识了油菜花海的壮美与大气。门源油菜花蔚为壮观，十足的西部风味。此地的油菜花与婺源丘陵、金山水乡所勾画出来的画面有所不同，铺天盖地的油菜花在蓝天、白云和雪山映衬下体现出了西北地区那种霸气。

门源可谓是由祁连山、达板山皑皑白雪围起的一座“金盆地”。这里7月中旬，虽夏似春，俨然就是人间天堂。纯净的蓝天，白云舒展，苍鹰盘旋；辽阔的草原，草青花黄，犹如浩瀚的大海波涛起伏。数十万亩油菜，成就了博大壮阔的特有奇观，让人深深地感受到亿万朵金灿灿的油菜花带来的视觉震撼。极目远眺，山如碧浪，水似青带，油菜花舞动于一望无际的田野，蔚蓝的天边飞动着缥缈的云絮，洁白的雪山静谧地牵挽着苍穹与大地的臂膀，悠闲自得的牛群羊群在迤逦不绝的草原上谱出了一曲优美的田园牧歌。喜欢门源油菜花的人，都喜欢那种强烈的色彩，尤其是那种扑面而来的恢弘气势。那真是一片雄奇与柔美交相辉映、完美结合而成的神秘土地，接近3000米的高差，山、沟、川、谷相间的地貌，冰川与温泉，湖泊和长河神奇结合的水系，构成了其内涵深邃的神韵和峻朗飘逸的气质。

每当油菜花开，养蜂人便云集而来。路旁田边，排满了箱箱蜂巢。置身其中，心里似乎也被灌满了蜜糖。这时，你会感到那一丛丛菜花的芳香、蜂蜜的洁白、青稞酒的醇烈，皆滴落在门源浪漫的风景里。伫立在这片金黄的田野，邂逅美丽的高原天际，我猛然发觉自己已有若干年头没在花开时节回过家乡了。情动处，不禁想起金山那片明艳艳的黄。我原本以为自己对家乡的油菜花没有记忆，可当风吹过眼前门源万顷油菜花时，轻轻一嗅，却已着实闻到童年的味道。此刻，我开始由衷地赞叹起生命的灿烂、生命的耀眼，那种夺目刺激的美让我感受到生命的真实存在。

车无情地驶过，回首望去，浩门河两岸的小溪边，马莲花正自由争妍。年轻漂亮的女子三三两两聚于小溪畔，洗刷着浸透汗渍、泥土的衣裳，把它们晾晒在绿茵草滩。她们串串扬起的嬉笑声，伴随着哗哗流水，将她们的期盼和梦想也带向远方。老人、孩童牵着或赶着牛羊，悠然徜徉于草坡，自在地品味着那沁人心脾的清新……

雪山、草场、森林、溪流，因为油菜花点缀其间，浑然是一幅田园画卷。这是门源人民田野生活发自内心的纯真印记，是大美青海和谐乡村的自然景致。

爱校园可从识校园植物始

去年上半年，学校“根与芽”社团在乐老师指导下，结合社团所学知识，又请教同济大学志愿者，经过两个多月的努力，编制了一本小册子《2014 版复旦二附中校园植物地图》。作为落实“给学生更宽广的教育”基本理念的有效载体，这一地图也成了学生们“认识校园”系列课程的一个部分。

七月，预备新生报到的那天，植物地图被分发到每位学生手中。作为暑假作业，新生需要认识校园并大致了解校园近百种植物的分布。

开学第一周，以班级为单位，利用一个中午的时间，学生们各领取五到十种植物身份介绍牌，上面有对各种植物的介绍。要求他们自己结合植物地图，找到并用适当的办法给相应的植物挂上身份牌。通常情况下，学生们能顺利完成任务。这节课，就成为了解学校第一课，令学生难忘。他们发现，尽管校园并不大，却是环境优美植物种类丰富的地方，甚至吸引了不少鸟儿。（后来，学校生物老师注意到学生对鸟类的兴趣，而开设了观鸟课。）

“根与芽”社团的志愿者，会在当天确认预备年级同学的这份“作业”，并给予适当的指导，对班级“根与芽”团队进行评价。表现特别优秀的学生，还可以成为校园植物小达人。而班级团队意识的成绩，也决定了四个班级这次“较量”的结果。事实表明，这项活动达到了让同学认识校园并爱上校园的初衷。“根与芽”社团再接再厉，助力学校环境保护课程的有效落实。基于此，学校还在 2014 年底通过申报、筛选获评全国环境教育示范学校。这里，植物地图推动环保活动可谓功不可没！

刚走过三十六个年头的复旦二附中，校园内的植物丰富多样。这源于师生强烈的环保意识，尤其是老校长姜乃振先生亲力亲为的推动，校园绿化保护得以不断持续深入，一个美丽校园逐渐建成。

原本栽于西边围墙的十多株凌霄花，因为当时太靠近运动场地而被球砸伤，或被学生不慎踩坏。后来，姜校长提议把剩余的三四棵凌霄花移栽到了靠近政修路的围墙边。那里乔木林立，加上有围墙可依，采光也充分，尤其适合凌霄花的生长。凌霄花“积极向上，壮志凌云”的美好意境，加上它枝繁叶茂、花型漂亮、花色艳丽且花期较长，不仅为校园增添了一道风景，还不时吸引着路人驻足观赏。

在校园南面的绿地中，有四棵香橼，每年秋天硕果累累，深得师生喜爱。多年前，香橼栽种不久，就结了几十个硕大的果实。因观赏性强，十分惹人喜爱。正因为如此，便有调皮的学生背着老师，用石子扔，用竹棒敲打。结果，对香橼造成了人为的破坏。姜校长感到可惜，提议政教处在升旗仪式集会时对学生进行教育。而后，每当香橼结果，青黄色果实挂满枝头，引得学生好奇围观，总有老师说起姜校长亲自关心这些树并教育学生的往事。

香橼又名枸橼，原本有六棵，是姜校长在四舍居住时于拆迁楼的废墟中发现的，然后委托复旦大学绿化队移栽过来。香橼长开后，姜校长又觉得它们太挤，便移出两棵栽到了另一处，可惜它们因水土不服而夭折，让人甚是遗憾！

最让师生欢喜的校园一角自然数东北角的“问思廊”，它被十几株紫藤紧密缠绕。紫藤花总能以气势取胜，一簇簇，一串串，就像姑娘们盛装而来，蔚为壮观。这些紫藤有着近二十年的树龄，至今仍青春不老。每当春末夏初，于望道楼二楼推窗平望，那高雅宁静的满帘紫韵，便宛若瀑布闪进你的眼眸。而它那淡淡清香，也会随风飘临。

问思廊除了紫藤，还有一景，便是柱子上的院士介绍。这些年，学校开设“名师讲坛”，先后邀请到包括30多位院士在内的学术翘楚来校给学生开讲座或指导学习，极大地丰富了学校的课程体系及学生的精神世界。如今，此项工作还在不断推进之中。而当学生漫步于“问思廊”，在馥郁花香中阅读这些院士的专长及成就介绍时，心中的神圣使命与美好情感油然而生。我想这也当是环境与榜样的力量吧！

一草一木总关情。我们现在强调学生要“在环境中”学习，校园环境的改良及整体设计布局，可谓学校重要的隐性课程建设内容，也是校园文化的重要组成部分。将校园植物的分布合理设计作为学校文化环境的一部分，并且身体力行实践之，我想，收获的不仅仅是植物本身的枝繁叶茂与芬芳世界，更将是素质教育的累累硕果。

探险旅游——最美的爱情

最近，我买回了一本《长江魂》，并一口气读完了它。在书中，我更加具体地看到了长江源头环境的变迁——那退化的绿色、消失的藏羚羊和白唇鹿以及逐步推进的沙丘，也更加细致地读到了杨欣惊心动魄的生命。

《长江魂》是一本奇异的书。当今世界，沽名钓誉者有之，求财谋利者众多。《长江魂》的问世，却是为着筹建长江源头的自然环境保护站——索南达杰站。书的封面印着：“当你拥有这本书的同时，你已经为长江源头的自然生态环境保护献上了一份爱心。”本书的销售及义卖收入将全部用于长江源头第一个民间自然环境保护站的建设。更可贵的是，此书是杨欣先生六次深入长江源头探险，经历数次死里逃生而写成的。用什么来形容杨欣的探险旅行及其作为呢？我想，引用曾到过一百多个国家和地区的台湾旅行家马中欣《天涯历险》一书中的表述——“旅行是最美的爱情”，是非常贴切的。

大凡没有到过的地方，总能让人充满幻想和向往，比如科罗拉多大峡谷，我总把它想象为地球的一道伤疤，而雄伟的乞力马扎罗山，则如一顶清凉的草帽。对西藏这块充满神奇色彩的土地心向往之，是从读到巴荒的画册《阳光与荒原的诱惑》开始的。对酷爱探险的人而言，西藏的诱惑在于那里阳光朗照，空气清新，是一个没有阴影的地方，而唯一的代价是用你的生命去冒险。于是许多人干脆惬意地躺在床上，找一本记载历险的书来读，所谓“卧游”一番。也许，很多人都知道没有什么感情比热爱山川、海洋、荒原和岩石更富浪漫情调。然而，作为生活在现代城市的一群群“水泥人”，我们的日子和思维似乎被高楼和摇曳的霓虹切割了。而杨欣带着一帮人在长江源头闯荡，玩着生命的游戏，最终重新回到了熟悉的人群中，并且奉献出一本《长江魂——一个探险家的长江源头日记》。这本汇集了杨欣六进长江源区的珍贵摄影、图片和16万字记述的作品，记载了一位东方探险家传奇般的经历，以及对生命和自然的感悟。

当我观看到电视台对杨欣的采访时，深切地感到，在城市生机勃勃的文化表层下，非文化的东西太多了。很多人都不知不觉地学会了以功利衡量人、事，连一些平时很受敬重的人物也未能幸免。而探险旅行，为我们提供了一种理想的人生方式，即不断地在城市和乡村往返，在文化和自然中往返。我还记得杨欣描述过的情形：在通天河漂流途中，他们发现约四十只白唇鹿在不远处的岸边喝水，鹿群抬起头来静静地看着越来越近的漂流船，人与鹿相对注视，都很惊奇，但没有害怕。当船上有人吹一下口哨时，鹿群先是一惊，尔后便跟着跑起来，一直到一处悬崖边才停住了脚步，昂头目送船只远去……

探险家对死的看法总是相当超脱。“迟早总是要死的，如果每天都过着一成不变的安逸的生活，活得再久又有多少意思呢？”杨欣讲的是大实话，可惜我们这些凡人悟懂的不多。

“探险旅行是最美的爱情”，马中欣的提法够精辟。

“波尔多”的魅力

那是在2003年的“十一”节期间。与朋友相约，携孩子到远郊金山海滨野餐。

因为平时不大喝葡萄酒，所以，出门时随便带上一瓶葡萄酒。想不到，在聚餐时，我推出的葡萄酒成为朋友的最爱。当然，我只是勉强喝了少许，而朋友们似乎十分享受，喋喋赞美。我暗自纳闷，为何自己很不喜欢喝的酒，成为他们赞不绝口的美味。

不久，送我葡萄酒的朋友自国外打电话给我，我再次很认真地感谢了他，说这葡萄酒颇受欢迎。他煞是高兴，又补充道：“都怪我没有说清楚，这酒是有名的‘波尔多’葡萄酒，江总书记访法时，希拉克总统请他喝的就是这种酒，是世上最高等级的品牌葡萄酒。”我这才发现，原来自己不识好货。临了，他还撂下这样一句话：“如果你想真正认识波尔多葡萄酒，花的时间就会像洋人搞懂中国茶文化一样多。”

波尔多葡萄酒，就像我们熟知的皮尔·卡丹、巴黎香水、法国大餐一样，属地道的“大腕”品牌。法国人很自负地认为，世间的葡萄酒，都不能和波尔多葡萄酒媲美。

网上有人总结经验说：若你想和法国人套近乎，很简单，只要胡扯自己喜欢波尔多葡萄酒，对方马上就会和你亲热起来。事实上，服装、香水、菜肴、葡萄酒等，已成为法兰西文化的一部分。在法国的商业文化中，波尔多葡萄酒又是内涵最复杂、历史最悠久、寓意最深刻的。也就在最近几天，我和一位记者朋友聊到关于法国葡萄酒的话题。想不到，他也很感兴趣。他告诉我，自己曾和一些欧美人打交道，其中不乏“波尔多”爱好者，但无人敢说自己已经“认识”了波尔多的魅力。

如同“西湖龙井”一样，“波尔多”酿造所用最优质的葡萄必须产于波尔多。否则，就酿不成“波尔多”葡萄酒，当然也就谈不上“波尔多”葡萄酒如何如何了，这和“橘生淮南则为橘，生淮北则为枳”是一个道理。北纬四十五度，大西洋的海风，适宜的日照、土壤、水汽等各种特定的自然条件，决定了一个品牌的诞生。

人类的好奇、创造力以及聪明才智往往使自己陷入困境。有人说，入门容易，精到却难。此话不假。有着两千年历史积淀的“波尔多”葡萄酒，其浩瀚的酒文化可写就一部巨著。关于它的学问实在太多，所幸我不想成为葡萄酒专家。所以，求个一知半解可矣。

涅瓦河上的船及其他

那天，刚出校门，保安师傅便招呼我稍等，接着递上一件东西。我正诧异，师傅解释说，是工会的程老师委托他转交我的纪念品。因为在教师节期间参加了工会组织的旅游摄影活动，《涅瓦河上的船》组照被展出，这份小礼即为奖品。于是，我不禁想起上周在食堂前招贴栏看到的照片。这些照片足有一百多张，记录了暑期控江中学老师到俄罗斯和青海、西藏等地旅游活动的瞬间感悟。鲜活生动自不必多说，光是那取材和技术的处理，看得出控江中学老师的业余生活丰富而有品质。用现在时髦的说法，老师们的幸福指数挺高的。我呢，因为在开学初看到工会的一则通知，想到这次因挂职控江中学得以有机会同赴俄罗斯（莫斯科和圣彼得堡）教育考察，感到非常幸运，觉得理应支持此项活动。于是，便选取了一组反映涅瓦河上的各种船只的特写照片提供给工会，没想到居然有幸被采用。

晚上，整理白天的思绪，不由得又想到了六月份的那次旅游。此番能造访俄罗斯，实在是一件非常幸运的事情。由于准备充分、组织有方，这次旅游活动令大家收获颇丰。对我而言，其意义更不一般。因为经过这一周的交往，我能结识更多控江中学的老师，属天赐良机。当然，美妙的俄罗斯之行，在我印象中也是占有重要位置的。在我的梦中，无数次出现的，尽是那儿诗情画意的绿色世界和静静流淌的水面。

涅瓦河是欧洲第三大河，它从圣彼得堡市内蜿蜒而过，最终注入童话般的芬兰湾。因为有这条河流，圣彼得堡整座城市被划分成许多星罗棋布的小岛。市内水道纵横，连接两岸的桥梁就达几百座（说到涅瓦河，桥总是绕不开的话题，如城中最负盛名的阿尼契科夫桥等），构成了风光旖旎的水乡之都，故有“北方威尼斯”之誉。纯净的涅瓦河默默流淌，川流不息，见证了这座俄罗斯最大港口城市的繁荣与衰落。涅瓦河也是城市的一条纽带，承载着城市三百多年的积淀，游走于历史和现实之间。如果说圣彼得堡是一首磅礴大气的历史交响乐，时刻都在为过客演绎着这里的过往和变迁，那么涅瓦河的波涛则在轻轻为它伴奏。应该说，圣彼得堡是座节奏较慢的城市，到处透露出西方贵族般的奢华气质，几乎停滞的一尘不染的城市简直可以让你去除杂念，心情坦荡，平静悠然，这也许就是我对它迷恋的原因所在吧！

在圣彼得堡，我们游览参观了许多景点，如“阿芙乐尔”号巡洋舰、冬宫、夏宫等。它们各有各的引人入胜之处。不过，我心里念念不忘的，却是那一个下午包船游览涅瓦河。我们团包租了一艘小游轮，往返大概 90 分钟，主要游览涅瓦河及两岸全景。游轮上，令人难忘的不仅有风情万种的俄罗斯歌舞秀，还有老师们与歌手舞者的互动。不看不知道，一看才知大家是那么的多才多艺与纯真可爱。至于船上免费赠送的葡萄酒、伏特加、水果等，则更是给大伙助兴不少，成为俄罗斯旅游最难忘的事情。我与大家一样，兴奋之余时而登上船顶欣赏导游讲解到的各处经典，时而独自于无声处凭栏远眺波罗的海，时而于擦肩而过的气垫船前留下一个靓照。此时此刻，我感觉人与江水和两岸风景的融合，一切都显得那么自然！

作为初次到圣彼得堡的游客，行走于涅瓦河畔，谁都无法拒绝与厚重文化的邂逅。而我呢，自在欣喜之余，就是醉心于拍摄涅瓦河上游弋的各具特色的船只。那些船只可是我在各地不曾见过的。摄影展又给了我在师生面前荣幸亮相的机会，还真让人情不自禁地想起晚霞中静静的涅瓦河上闪烁的粼粼金光，想起两岸整齐而又精雕细琢的巴洛克风格建筑以及它所披的那一层橘黄。

驻足涅瓦河边，张扬双臂，微闭双眼，自由呼吸，是一辈子难以忘怀的体验。

拉斯维加斯之夜

拉斯维加斯，着实是世界级的赌城。你看，那一家家门口闪耀着五彩缤纷霓虹灯的赌场，活像一头头张着血盆大口的猛虎雄狮，时刻在贪婪地吮吸着人间财富，吞噬着意志薄弱者的腰包。不过，如果你去那儿不是为了赌，你一定会因其壮美夜色而陶醉。考察大峡谷地质公园而经停拉斯维加斯，对拉斯维加斯夜之魅感触颇深。

拉斯维加斯，原本仅是东部通往加州路上的一个绿洲。是吃喝嫖赌者的乐园，也是美利坚一道“靓丽的风景”。这里的各大宾馆为招徕顾客，都花大力气精心设计布置广场、厅堂，尤重灯光效果，可谓争奇斗巧。终于，在20世纪30年代后期，这里成就了灯光灿烂之晚。

曾听过猫王的《万岁拉斯维加斯》：Bright light city gonna set my soul /Gonna set my soul on fire /Got a whole lot of money that's ready to burn, So get those stakes up higher /.../Let me shout a seven with every shot/Viva Las Vegas, viva Las Vegas, Viva, viva Las Vegas.

虽然当时没有完全听明白，也无兴趣去深究其理，但对拉斯维加斯宾馆多、赌场多、会展多、表演多还是有所耳闻，城市照明更让它成为璀璨明珠。夜幕上来，拉斯维加斯真正显现出其梦幻色彩及超级魅力。金碧辉煌的城市建筑、流光溢彩的霓虹灯、优美的音乐喷泉、熙熙攘攘的车流人群，共同组成了拉斯维加斯夜之交响曲。此情此景，远非世界其他城市能媲美。

拉斯维加斯的中心位于拉斯维加斯林荫大道一带，这里弥漫着眼花缭乱的霓虹灯，被叫作Strip。这条长4.6英里的大道，从南段的曼德拉湾酒店向东北延伸，直到北端的云霄塔大酒店。其间，高档豪华宾馆云集。许多建筑、喷泉、雕塑的设计精美，造型奇特夸张，令人叹为观止。据说，它每年吸引着近3700万游客，这使拉斯维加斯成为世界娱乐之都。

夜晚是拉斯维加斯的良辰美景，也是其旺盛生命力所在。对于一般旅客而言，晚上逛街可谓最享受的事。华灯初上，凉风习习，沿着长街慢慢地逛那些极富特色的旅馆，确是有意思的消遣。在威尼斯人酒店，你可以目睹划贡多拉船的“威尼斯人”惬意地游走于人工小河中，与周围的灯火交相辉映。你瞧，情侣们浪漫私语，朋友们流连忘返，俨然身处意大利水城。此刻，驻足于酒店的宽广走廊，一定不要错过对面像海市蜃楼一样精彩的用现代科技模拟的火山喷发表演，这座高17米的“火山”，每天18点到24点的整点会定时喷发，喷出的红色“岩浆”，滚滚流入旁侧湖中，其情其景逼真、气势宏伟磅礴，让人看了胆战心惊！

而在豪华的巴黎饭店，你若宿于面朝Strip的房间或登上巴黎饭店的地标——埃菲尔铁塔，就能以最佳的角度观赏到对面美丽湖壮观的音乐喷泉表演。说到音乐喷泉，堪称人类智慧和科技艺术的最佳结晶。我曾在六年前看过新加坡的音乐喷泉，感受过超乎想象的震撼力。但今天，新加坡的音乐喷泉就像当年的胡佛大坝被我们的长江三峡水电站所取代一样，在美丽湖的一片水面前拱手让位。美丽湖的音乐喷泉实在是灵动的、浪漫的、完美的水电光和技术艺术完美的结合。赏毕，莫名惊诧之余，会让人产生再看一次的闪念，继而便有欲置身其中融为一体的冲动。我不时听见游客中啧啧称赞之声，看来的确是被它的神奇感动了，征服了。

深夜，再次登上108层的云霄塔观景台，凭栏远眺，整座城市的上百平方千米尽收眼底，一览无余。不同的是，整座城市全部为搭配于各设施的景观灯所覆盖。被激活的夜色，分外妖娆。而在灯火阑珊处，欲望和迷离、成功与失败、理智和疯狂，共同交织成这座不夜城的现实。

我想起了《情迷拉斯维加斯》这部带着小幽默藏着小智慧的爱情电影。它的主旨是表现两个生活、事业乃至爱情皆不如意的男女主人公，来到赌城就是为了在疯狂的玩闹之后，将一切烦恼抛在这里。热闹非凡的影片有着相当吸引人的看点。后来知道，影片名源自拉斯维加斯当地最著名的俗语：“What happens in Vegas stays in Vegas.”此话含义，即在拉斯维加斯输得再惨，也要把痛苦的记忆留在拉斯维加斯，离开了就别再挂念。

而我呢，虽将离开拉斯维加斯，但对这儿夜如白昼摇曳激荡的霓虹世界，包括所有诱人的篇章，一定会在心中某个角落留存。有朝一日，想起它，也许会往事历历在目。

拉斯维加斯，一座不夜城，而其美丽只在于它藏有故事。

“夜上海，夜上海，你是个不夜城，华灯起车声响，歌舞升平。只见她，笑脸迎，谁知她，内心苦闷，夜生活，都为了衣食住行。酒不醉人人自醉……”你我看到的拉斯维加斯的或者20世纪二三十年代上海滩夜生活的情形，映射的都是人们对奢靡浮华的迷恋吧。

《瓦尔登湖》

有一段时间，美国作家梭罗的《瓦尔登湖》频频登上全国各地学人书店的排行榜，让人颇感意外。

《瓦尔登湖》今天的风光和荣耀，恐怕是孤独的梭罗先生在百年前写下该书时无法料及的。甚至，就连该书的译者，同样孤独的徐迟生前也不曾想到。因为，这与梭罗面对大自然的简单而淳朴的生活和寂寞而恬静的精神境界相去甚远。然而，正是这种简单而淳朴之风、寂寞而恬静之情，唤起了人们久违的对大自然的挚爱和对返璞归真的向往。正因为人们崇尚自然之心未泯，《瓦尔登湖》的风靡也便是情理之中的事了。

透过《瓦尔登湖》，我仿佛身临其境，觉得这个大自然的精灵，确是一处秀色可餐的风景地。在那里，“生长在杂草蔓生的林间小路上的香蕨木和木蓝上的露珠会把你下半身全打湿。从生栎的叶子泛着光，好似有液体在上面流过。透过树木看到的池塘天空般满是光亮……你见到月光从森林深处一个个树桩上反射回来，仿佛她在照耀万物时有所选择，她的星星点点的光芒使人想起一种名叫月亮籽的植物——似乎是月亮把它们种在这些地方”。

孤独的梭罗，就是在这样一个原始、自然、远离尘世的地方过着隐居的生活。他自己动手搭起小屋，播种、收获、体验、沉思，尽情地享受瓦尔登湖的月光，尽情地吸吮着瓦尔登湖的精气，让柔柔的月光浸润着智慧的心灵。他把自己的经历和感受细心记录，写就这本浸透着月光和雾霭的《瓦尔登湖》。

摆在各人面前的，有许许多多的生活方式可供选择。然而，梭罗却选择了简单和纯朴，选择了瓦尔登湖。他说：“不必给我爱，不必给我钱，不必给我名誉，给我真理吧！”他看到了忙碌生活背后人们所忽略的东西，悟出了张开怀抱真诚面对大自然的真谛。他说：“步入林中不是冒险和苦行，我到森林中去，是因为希望从容不迫地生活，仅仅面对生活中最基本的事实，看看我能否掌握生活的教诲，而不至于在临终时才发现自己不曾生活过。”梭罗为此失去了情人、兄长和朋友，然而他却用一颗美丽的心灵来真诚地面对世界，真诚地面对大自然，一如瓦尔登湖的清纯、碧柔和潇洒。这境界，这情怀，难道还不足以温暖和滋润我们日显焦虑的心灵吗？

如果说，是瓦尔登湖给了梭罗以庄严神圣的净化，启发了他深刻而睿智地面对大自然的思考，那么，现在的我们更应该从瓦尔登湖的暮霭和月光里体会到大自然的可人之处和弥足珍贵。人间一切的美好都源自大自然的慷慨馈赠，而如今大自然却在经受着它有史以来来自人类的最大的摧残。生活在“水泥森林”中的都市人，是无法想象梭罗笔下瓦尔登湖的景致的。但是，又有谁敢保证，被梭罗称为“大地眼睛”的瓦尔登湖至今景色依旧？也许，此时的瓦尔登湖已听不到莺飞草长的声音，已看不见鸟雀走兽的游戏了。于是，再见瓦尔登湖遂成了我们的奢望。不过，因为有《瓦尔登湖》在，我还是颇感欣然。因为，我至少可以借助于此书，走近这大自然的精灵。

感谢梭罗为我们留下了我们现在已无比企及的大自然的美丽影像，感谢瓦尔登湖的宁静和清新给了我们刻骨铭心的生活的教诲。正在享受着高度物质文明的人们，让我们高度真诚和言行一致地对待大自然吧！

我由衷地希望这片清澈有朝一日离我们更近。

心情也湛蓝

到美国做“影子教师”的首个周六，在住家胡先生的策划邀请下，我们七位教师和他公司另外五个家庭的同事、朋友浩浩荡荡地开往靠近太平洋的 Sunset Beach 。据他介绍，这个 20 世纪 80 年代在原海滨湿地上开发建立起来的高档住宅区，也是一个非常适合划船泛舟的场所。

这个季节，加州的天气确实不错，少穿一件不会感觉很冷，多穿一件也不至于过热。每天基本都会有充足透明的阳光毫不吝啬地撒在你的身上，暖洋洋的，甚是舒服。车程约一小时，我们来到了理想中的泛舟之地——Sunset Beach。刚抵目的地，便被周围各色游船和平静清澈的湖面所吸引，转眼间又被感动了、迷惑了。蓝蓝的天，清清的水，诱惑无限。我们一行新老手搭配，争先恐后地跳上了租来的八艘双人划艇（有三位女士因为要准备午餐，故没参与划船）。在管理员示意下，稍作适应，就开始了两个小时的征程。起初，我们仅把注意力放在拍照上，没有较多地去感受更多美景。在胡先生他们的引领下，船队渐行渐远。这不，在十字路口，一个转弯，顿时峰回路转，渐入了佳境。不经意间，一片蔚蓝展现在眼前，水天一色。其间是一排风格迥异的别墅建筑，像漂浮于水上，又似悬系于空中，简直就是一幅画。那种蔚蓝，不，显然可以用“湛蓝”这个词，一尘不染，如同刚被阵雨洗刷过的一般清澈。

也许正是受到了这魅力景致的感染吧，我和船友小蒋越划越慢，不停地用相机记录沿途的风景，“咔嚓咔嚓”声连绵不绝。不知不觉，已被大队人马拉开了距离。我们呢，更笃悠悠了。小蒋似乎已陶醉其中，时而微闭眼睛展开双臂一番放松呼吸的姿态，时而又做出亲水般模样、摆着各种pose。那么自然得体，不停地提示我拍下这些动人瞬间。我呢，不时地开个小差，对水道两侧的各色建筑如痴如醉。你看，有中国式的，有印第安风格的，有富有西班牙情调的，也有传统哥特式的。多元文化在此汇总成美国风格，和谐而自然，这大概就是包容和自由之真谛吧！各家居所前停泊的大小游船风格不一，形成了一道独特的风景线，不是威尼斯，却胜似威尼斯。因为它更大气，更水灵，更率真。随着船行渐远，我们的视野也伸展至更远处。那些建筑变小了，但水天融合却意味悠长。我连拍了数张，有一种想做成连环画的冲动。不，我一定会选择其中的一张做我电脑的桌面页。是的，对于生于水乡、长于水乡的我来说，此情此景又如何能放弃？我在想，倘若上海也有这样出色的景致，那么，我们的生活又该作何打算？

再往前，但见海鸥滑行在蔚蓝色的水面与透彻的蓝色天空之间。那种美，会让你尽情地舒展，一直到你觉得世间的一切都可以被包容掉为止。此时的你总想屏住点呼吸，听划桨声和海鸥的鸣叫融为一体，淋漓尽致地体会大自然所赐与的无限美好。

当视线又回到了近处，发现水边建筑旁三三两两的棕榈树，巍然挺立，成了我们这次划船沿途的视觉标志。它们似乎养成了傲视一切的脾性，那种任凭风吹雨打都不会屈服的姿态，我们在其身上可以清晰地感受到；其直入云端的气势，又让我们感受到它的那种霸气，就像自然界赋予了它代表热带亚热带典型物种的使命一样，任凭时间轮回，却始终屹立。

眼前的旖旎风光，现在实实在在是属于我们的。在我的印象中，能与这里媲美的风景只有多年前在遥远的澳大利亚布里斯班海滨见过。那是我首次身临其境，见到了过去电影中方可看到的阳光别墅、黄金海岸的理想生活与住所。没想到，今朝我仿佛又徜徉其中了。“庐山烟雨浙江潮，未到千般恨不消。到得原来无别事，庐山烟雨浙江潮。”苏东坡这首充满禅意的诗，用在此处应该说也是恰当的。

不知不觉中，传来了船队归航的信息。我听见，已有人在情不自禁中哼起了小曲。虽然唱得一般，却也道出了心声。其实，我们需要的只是这种感觉而已——一种暂时可以摆脱喧嚣和浮躁的世外桃源式的宁静心境，可以洒脱、放松，悠然自得地享受这份大自然的馈赠。加州灿烂的阳光，迷人的海岸风情别墅，还有游艇和码头，在我的眼中是如此生动而温馨。虽然马上就要离开这给我们带来灿烂阳光般心情的地方，但我深信，即便回上海很多年后，习惯了快节奏工作旋律的我，想起今天在此消受的两个小时，也一定会激动不已。这里的阳光，这里的海岸美景，是如此怡情，向往有朝一日，我们能在上海感受这类似的风景。

Chapter 2 第二辑

环境与生存

环境——生存的压力

每个人都曾有过压力，可每个人的压力又不一样。现在，我们却不得不面对同样的生存压力——环境问题。

当越来越多的河流被污染，连枕着太湖的长江三角洲的人们都觉得喝水得不到保证时，我们当然得承认：我们有压力。当你目睹许多人因为食用了农药残留物严重超标的蔬菜和水果中毒甚至身亡时，你不能不承认：我们陷入了环境报复的轮回。当你时刻呼吸着“富含”硫氧化物和氮氧化物的空气而又不能自拔的时候，你才注意到：原来，人类的发展付出了如此巨大、高昂的代价。当更多的地球村“公民”倒在人类高度文明发展的“高速公路”上时，我们发现：这条路其实并不是最佳的选择，但如今我们又无法退却……

所有这些，是在应验这样一个真理：人类的每一次发展，也可能在断送更好的发展。于是，有学者直言：人类是地球的癌细胞！正是人类对地球资源的予取予求，使得地球正在变得千疮百孔！

可怕的是，这些事件存在于每时每刻，它给我们的压力，绝不亚于我们身上驮着千斤重担。而有些人却全然不知，甚至认为环境问题，好像离自己万水千山。

我想到了阿Q式的精神胜利法。的确，这一有着五千年文明底蕴积攒而成的历史的“品质”，使我们更多了一些麻木，以至于在进行污染治理的时候，我们没有吸取国外的教训，反而嘲笑“环境污染是资本主义世界特有的事件，社会主义没有环境污染”。如此，当我们发觉现在走近我们的并非“猫”，而是真正的“恶狼”的时候，我们还缺乏足够的准备。

事实上，中国人也并不是没有生存压力。“居安思危”的古训，就是在告诫我们任何时候都要有压力感。但是我们还没有奢侈到喋喋不休地去探讨它的程度。

意识到自己正承受着压力，已经是自我治疗的开始；能够清醒地识别这种压力的层次，危害就已经得到了一定程度的控制。生存的自由，是每个人心向往之的梦想；生存的压力，是走出茂密丛林的祖先留给子孙的一份永恒的礼物。但愿我们能在21世纪来临的时候，认识环境给予我们的压力不是此人彼人，而是亦此亦彼。

于是，耳边似乎传来自诩为“失败者”的“自然之友”创立者梁从诫先生的声音：“自然之友的每一个呼吁，都会在一些人的心里留下一个回音，总有一天，这些回音将引起一种巨大的社会共鸣。”

心动不如马上行动，因为我们的时间并不充裕。

环保是什么？

那时儿子六岁，到了爱问“为什么”的年龄。从“为什么磁悬浮列车跑得快”到“宇宙有多大”，上至天文，下至地理，无所不涉。当然有不少问题把我难倒。这不，看到我在写环保方面的文章，他又“考验”了我一回：“爸爸，环保是什么？”

环保是什么？这的确是一个不易向孩子解释清楚的问题。我说：“环保就是要保护动物，爱护绿化，不乱扔垃圾。”我知道，这样解释能让儿子明白，但未免有些牵强附会，于是，晚上翻阅起辞典。辞典上的解释如下："有关防止自然环境恶化，改善环境使之适于人类劳动和生活的工作，称为环境保护，简称环保。"

我虽然暗自庆幸给儿子的答案并没有太大偏差，但静而思之，自己对环保内涵确实没有好好思考。有着十年环保热情的我，居然说不清究竟何为环保，这的确是一个莫大的讽刺。现在，是到了该我做这篇"命题作文"的时候了！

环保是什么？我想，可以从下面的三个角度认识。

环保是自我觉醒。人类的发展，带来了生活和生产方式的巨大变革，却牺牲了环境，而且付出的代价巨大，甚至可以说是得不偿失。于是，在经历了一番相当长时间的矛盾、痛苦与争斗之后，30 年前人类终于不得不开始直面这个问题，清醒地意识到"地球只有一个"。于是，倡导"保护地球，从今开始"的人越来越多。而那些最先遭到环境报复的人们或国家，逐步成为环保主力。"吃一堑，长一智。"这句成语，可谓是对自我觉醒的最好诠释。

环保是责任。现在，环保似乎成为时髦的代名词，任何与环保挂钩的活动或创意，都可能获得意想不到的收益。正因为如此，一些别有用心之人，嘴上说着环保，心里却另有盘算，环保在某些地方甚至变了味。说环保是责任，大多数人一时还不能理解。甚至有人误解热心环保的人士，是别有所图。其实，真正的环保者，是无私奉献者。我所认识的环保志愿者中，无论是声誉颇高的香港"地球之友"总干事吴方笑薇，还是默默无闻的浙江安吉任卫中和河南平顶山徐添等，他们都是不求回报，只有金钱、时间的付出。他们的所作所为，为的是能唤起更多人关注自己的生存环境。当有人想知道为何世上仅有极少部分的人热衷环保，将它视为一生的追求或事业时，我想告诉他，请听听著名环保人士珍·古道尔的话：“我们没有能力改变整个世界，但我们可以努力去改变一个人或一个地方，我想，这就够了。”是的，我觉得她的话称得上最有分量的回答。

环保是践行。当废旧电池污染日重，当白色垃圾成为灾难，当环境问题充斥生活各个方面的时候，任何空谈就显得苍白无力。环境问题的解决或改善，从来不是说出来的，而是需要亲力亲为地践行。这个道理不是人人都懂，但却有人开始践行。如有一对新婚夫妇，为了一个共同的目标，毅然放弃舒适的城市生活，扎根深山或草原地区，成为造林模范；又如一个个几岁的孩子，受电视节目中公益广告的影响，弯下稚嫩的腰，去拾起“时髦人”丢下的果皮；又如有一位老大爷，为了保护母亲河，几十年如一日地自愿在黄浦江上打捞垃圾。现在，是到了该我们行动的时候了。如果我们在紧张的生活节奏之余，抽一点时间参加一些环保公益活动，你会发现，环境会因为有你的参与而愈加美好，生活也会因为你的奉献而愈加精彩。

环保是什么？它是一种潮流。这股潮流永无止境，其保质期是无限期。但愿我的回答能唤醒人们对环保的正确态度和良知。真希望，有一天，每个人都能问心无愧：今天，我环保了！

向自然“还债”

新世纪初，由沙尘暴引出的有关环境保护的问题，屡屡见于各大媒体，其热度甚至超过了人们对于股市的关注。耳闻目睹生态失衡的代价，不能不令人目瞪口呆。

靠山的，焚林而猎；临水的，竭泽而渔。到头来，恐怕只落得山穷水尽。可是，而今这种“吃祖宗饭，断子孙路”的行径，已使得我们的生存环境出现了十分可怕的赤字。尽管“赤字”在中国股市上会令股民狂欢，但在这里，实在让我们提不起兴致。

18世纪的法国著名学者拉格朗日说：“不要以为自然资源是有限的！借助于人类的技能，自然资源能够成为无限！”正是这种“资源无限”的拉氏理论，使许多工业化国家至今仍在咀嚼着留在牙缝里的苦涩。

1972年，是人类认识自然的一道分水岭。这一年的6月，在瑞典斯德哥尔摩召开的人类环境会议上，学者们向世人发出了“只有一个地球”的警告。但是，直至今日，地球村的“村民”们还未清醒地认识到这一点。“先破坏，后保护；先污染，后治理；先耗竭，后节约；先砍林，后种树。”发展的弯路时常会走，破坏生态环境的丑行时有发生。所以，对一般人而言，生态环境问题似乎是个离自己很遥远的话题。等到尘埃落定之后，我们才会发现，其实，环境和生态问题离我们并不遥远。在这一点上，沙尘暴无疑及时给那些患有“近视”的人们上了生动而教训深刻的一课。

众所周知，道家是生态文明的鼻祖。老子和道家思想主张人与自然万物是连续一体的，自然存在具有深刻的价值，人类应当尊崇自然，关注自然，与自然和谐相处。眼下，真不知应该是他老人家汗颜，还是该我们这一代人羞愧。所幸的是，政府在国家级层面制定环保法律、政策，采取封山育林、退田还湖等切实措施，以弥补生态的“透支”。千里之行，始于足下，既然已经有了一个良好的开端，那么，我们就有理由相信，老子曾经勾勒的万物和谐之世界蓝图、充满生机相互协调之世界，也正是全员积极践行、努力实现的伟大目标——建成生态文明社会。

愿更多的有识之士加入到向自然生态“还债”的队伍中来，为了自己的现在，更为了子孙的未来！

惜水，以至于吝啬

我这人在生活上还算出手大方，唯独对用水甚为吝啬。不管是平时洗澡、洗脸，还是其他日常生活用水，我都特别节俭。在家里如此，在单位如此，偶住宾馆酒店亦如此。

洗脸时，放水最多放到能把毛巾淹没，洗澡时适当冲淋一下，能够用毛巾沾水洗身就行了。这不，一次去台湾交流时，同住的室友每次总说我洗澡速度怎么这么快！甚至用洗过的水冲抽水马桶，洗衣用水也极少。我这种无端的吝啬，有时连自己也觉得奇怪，觉得没有必要。可当见到家人或者学生用水那不太在乎的样子，我还是觉得心疼，忍不住要提醒几句。有学生和保洁员对我此举觉得可笑，觉得奇怪，甚至在背后嘲笑我，说我小题大做、神经兮兮。对此，我也不作辩解，事实上我也辩解不清。我自己也许只是条件反射似的，一放水心里就起了一种障碍，仿佛有人在身边提醒：够了，够了，不要再浪费了。于是，立即会关上水龙头。

其实，我的这种惜水、爱水，以至于吝啬用水的意识，既是受了科学预言“全世界普遍面临缺水危机”的影响，更是作为一名环境保护工作者发自内心的自觉行为。

拥有时不知珍惜，失去时方觉可惜。人们总以为，只有那些经历过沙漠探险生活的人才懂得水的重要性，才会倍觉水的价值。但是我要说，即便是生于“鱼米之乡”的上海人，也有许多人在为节水问题或东奔西走，或出谋划策，为的是一个共同的目标——让更多的人远离缺水的困扰。的确，对于关注“地球村”发展的我而言，旱，给我的印象实在太深了，水的可贵给我留下了至深的烙印。因为旱，眼前闪现的是地里的水稻眼看着就从碧绿变为枯黄以至焦黄而死去；因为旱，农田大片龟裂，失去了使用价值；因为旱，非洲难民雪上加霜；因为旱，曾经辉煌的城市毁于一旦；因为旱，有许多事情的后果大大超出了人类的预料。所以，对于缺水区的人而言，能看到水在自己家的水桶里颤动，一定会觉得它比珍珠更好看，更珍贵。

很可能就是从那时起，我对水有了一种特殊的感情，我惜水，以至于到吝啬的地步。对于我的这种吝啬，我有我的独到理解，以后便成了一种习惯，对此我不想多说。

“但愿地球上的最后一滴水不是你痛苦的眼泪！”这则公益广告旨在告诫人们：在关注地球日益严重的缺水危机的同时，更要在日常生活中注意节水，养成良好的节水习惯，强化永久的惜水意识，使地球这颗“水之星”水常流，水常清，水常新。

沐浴与毁林

沐浴与毁林，乍一看标题，两者风马牛不相及。

但有关两者之间的关系，早在元朝时期，马可·波罗就在他的《马可·波罗游记》中提到。在游记中，他向人们叙述了当时中国大量消耗木材的情况，并指出："诚然，这个国家并不缺乏木材，但是如此众多的人口，炕灶也多，而且燃烧不止，加上人们又勤于沐浴，这样必然会造成木材数量的供不应求。"

时光飞逝，当年一度繁荣的富庶之地——黄河中下游地区（尤其以黄土高原为代表），而今，已成为我国森林资源破坏最严重的地区之一。马可·波罗的预言，不幸而言中，真不知国人对这种行为持何等的态度！

其实，马可·波罗的描述和预言还不算全面。事实上，人们"勤于沐浴"，还加剧了当今该地区的缺水状况。而大量毁林作柴烧，又使森林的水土保持能力恶化，气候趋于干旱，这又引发黄河中下游地区的进一步水荒。

假设一个人每天洗浴用水30升，那么一年的用水量就是1.1万升。若黄河中下游地区的正常人口为3亿，那么，一年光是洗浴耗水便达3.3万亿立方米。换句话说，倘若我们尽可能少洗几次澡，每年少用些水，华北城市的缺水危机便可迎刃而解。

综观中国的环境问题，"天灾"与"人祸"总是纠缠不清。正如上面所述，与我国水资源匮乏的状况极不相称的是水资源的严重浪费。拿以缺水著称的西北地区为例，据统计人均年用水量为850立方米，比全国人均用水量几乎高出1倍。宁夏平原灌溉用水，相当于全国平均用水的3倍。在那儿，漫灌不仅使大量水土（或肥力）流失，导致农业减产，同时也诱发和加剧了渤海的富营养化问题。

在我国，节水的潜力之大，同样出乎我们的意料。以2000年的数据为例，我国农业用水量约4000亿立方米/年，但利用率仅约30%。若能提高10个百分点（这并不难实现），这就意味着每年可节水400亿立方米，相当于目前南水北调的东线、中线工程的调水总量。

而这个数字也已经超过了正常年份农业灌区300亿立方米的缺水量。

对于耗水和毁林，其实，国人从来是说到做到的。在那“只怕想不到，不怕做不到”的日子里，水一度被认为是取之不竭的。毁林烧炭炼钢，也被认为是赶超英美的捷径。那时，类似的情形在“越穷越大方”的国人中时刻都在发生着。再回首，当今天的人们终于发现因为缺水和少林等带来的严重后果时，有人只是轻描淡写地用“没想到”“后悔当初真不该”来敷衍。事实上，这种假惺惺的反悔，无法减轻国人缺水、少林的窘况。而且，这种态度很可能是演变成“国家级”水荒和全球气候异常的前兆。

在有人喋喋不休地唠叨着“忙”，而不愿义务植树的时候，在有人因为私欲而恣意砍伐林木的时候，我只能提醒这些或“忙”或自诩“勇敢”的人，请先考虑一下后果，今后我们的水费将由1.2元每立方米提高到50元每立方米，甚至更高的价格，也是有可能的。毁林，说得近些，就是直接导致水荒；说得远些，则是对后代的犯罪。因为我们在毁林的同时，也毁去了人类持续发展的希望。

善待长江

“水土流失加剧，部分河段和支流水体污染严重，洪涝灾害加剧，下游地区地面沉降和河口咸水入侵增强。”

鉴于当前“困扰”长江的这四大灾害问题，日前有专家提议将每年的10月某日，设为“长江日”，以让全社会共同保护中华民族的母亲河。正如该专家建议的，“设立‘长江日’，在这一天开展一系列保护长江环境的实际行动，禁止一切单位和个人向长江及其支流排污。更重要的是，借机对沿江公众进行一次教育，更重要的是可以提高人们保护长江及生存环境的意识”。

笔者佩服该专家的远见卓识，同时对长江的生态问题忧虑更重。

有人说，在我国，举凡一个问题被提出来，并且大谈特谈的时候，往往此问题已经病入膏肓。这话用在长江问题上，我绝对认同。本人对长江的最早关注，是在20世纪80年代中期。当时有报道说，因为前两年四川等上游省份对森林资源的破坏性采伐，加之暴雨成灾，终于导致了严重的水土流失。甚至有专家不无担忧地提出“长江会不会成为第二条黄河”。

正因为此，从1988年起，国家开始实施“长江中上游水土保持工程”，这在一定程度上缓解了长江的水土流失。然而，1998年夏秋发生在长江中下游地区的特大洪涝，虽流量没有1954年的大，但水位和灾损却创历史新高，再次暴露了长江流域在水土保持方面存在的问题。

因为长江流域是中国经济最发达的地区，排污量高居各地区之首，所以，在很多沿江城市的下游河段，总能看到少则几千米，长则几万米的不同颜色的污染带。“你住长江头，我住长江尾；你的下水道，我的自来水。”从几句看似谐趣的打油诗可见，长江正日渐失去其“黄金水源”的资质。而在枯水期，长江口一带的海水入侵，又使下游城市的缺水矛盾凸现出来，且已影响到上海地区的经济发展。而今，对于长江，可以这么形容：不仅跳进长江洗不清，而且“荣幸”的话，很可能给你“换”上一种新肤色。

众所周知，长江流域面积占全国国土面积的18%，养育着全国40%的人口，创造的国民生产总值占全国的40%以上，是中国经济可持续发展的驱动纵轴。从雪山走来的长江水，冰清玉洁。而当它滚滚东流的时候，污秽夹杂着人类的劣根性一起流入了东海。长江水何其不幸！东海何其不幸！但是，我们又有多少人意识到是自己的一点点小错逐渐酿成了今日长江之悲剧？

建议设立“长江日”，可以说是我们主动向长江还债的第一步。勇敢地在长江面前承认自己的过错，并且积极地践行，长江重新乐乐呵呵唱着欢快的歌儿奔腾到海的日子一定会早日来临的。

当然，设立“长江日”，并不等于我们只有在那天到长江上打捞点垃圾，或者在长江边仪式似的种上几棵树，然后在媒体上大肆宣传一下就完事，而是重在意识，贵在坚持，防微杜渐，避免走“先污染，后治理”的老路，重视长效管理，放眼可持续发展。

唯有如此，才对得起“长江日”对我们的警示作用，才对得起长江母亲对我们的养育之恩。

我想，善待长江，善待环境，在发展中实现人地和谐，才是专家倡议设立“长江日”的真实用意吧！

拒穿羊绒衫

记得，那是在2001年的春天。

一次，在给学生讲解沙尘暴肆虐我国的原因时，我列举了大家熟知的“鄂尔多斯羊绒”。随着国人生活水平的提高，过去只有达官贵人享用的羊绒制品如今有机会走进了寻常百姓家。

轻、暖、柔、韧是羊绒出众的特征，也是其极受人们偏爱的原因。然而，当我们将这种昂贵的羊绒制品穿在身上，甚至还有人在以此炫耀的时候，又有多少人知道，其实沙尘暴离我们又近了一步。

这样说并不是危言耸听。听有经验的牧民说，我们所熟悉的羊绒一般为山羊绒，是山羊身上的细小绒毛。羊绒的产量很低，一头山羊每年只产绒约50克。而一件上好的羊绒衫约需要羊绒200克，也就是说4只山羊所产的绒才能编织出一件华美的绒衫。而一只山羊对草场的破坏力相当于20只绵羊。可是，牧民们着眼于羊绒可能带来的丰厚利益，必然超量饲养山羊，这无疑会对草场造成毁灭性的破坏。

如今的鄂尔多斯，由于当地牧民视养山羊产羊绒为脱贫致富的捷径，不少人都在从事着这样的劳动。在中国成为“头号产羊绒大国”的进程中，他们确实作出了巨大贡献。但是，与此同时，他们也造就了家乡满目疮痍的现实。于是，沙尘起、荒漠移、草原瘠、人愈穷。当人们穿着羊绒制品以标榜其精致生活时，大自然却以其特有的方式向人类发出了警告。滚滚黄沙不可遏制地唱响了“东进序曲”，华北危急！华中危急！华东危急！

温暖轻柔的羊绒竟会与肆虐狂暴的沙尘暴联系在一起，而在其中穿针引线的居然是我们人类！这实在出乎意料。在我们痛定思痛，深刻反思的时候，发达地区的消费者，是否应该重新审视一下自己的生活方式，为保护环境做些什么呢？

其实，不良的生活方式是环境恶化、生态破坏的原因之一。因为一张“特别”的嘴，我们吃“绝”了不少动植物，而且至今没有收敛的迹象；因为一项所谓的“创意”，我们使树木、大象、梅花鹿等形体残缺、丢牙少角……如今，为了一时的舒适和暂时的经济利益，我们又使荒漠化愈演愈烈。人呀，是否到了非穿羊绒衫而别无选择的地步？但事实是，我们已经到了非保护我们的生存环境不可的地步了！

选择羊绒衫？选择家园？请用行动来回答！

节约——最大的环保

最近，从报上读到这样一则消息：2001 年 1 月 24 日（农历蛇年正月初一）是上海市区餐饮业产生泔脚量有史以来最多的一天，比平时多出三成。这首先表明沪人生活水平的实质性提高，但另外一个不容置疑的信号是：近年来，人们在饮食方面的浪费日益严重。浪费多，则泔脚也多。无疑，这又是一道环保难题。

说到环保，许多人会以为，环保好像只是与臭氧层空洞、全球日益暖化、酸雨污染等大问题有关，所以，这是离自己很遥远的事。其实不然。节约就是最大的环保，将成为越来越多的人们的共识。

今天，高速发展的科学技术带来了经济的巨大增长和消费的繁荣，但也刺激了人们的物欲、贪婪和短视。习惯了使用一次性用品的市民，当然记不得原来是他们潇洒的一扔，才导致了今天满地的“白色污染”；习惯在“爆竹声中辞旧岁”的人们，在他们花上百元甚至十万元，通过爆竹声炫耀自己的财富和势力的时候，当然忘记了硫磺和噪音对环境的损害；习惯于每天花一个小时洗热水澡的“先富起来”的人们，在他们陶醉于水中享受现代文明带来的乐趣时，当然忘记了由此产生的大量污染物，而这又需要更多的人力和财力来处理……所有这些事实都在证明：浪费，才是污染的祸首。

说到这里，也许有人会反驳：发达国家不是鼓励消费吗？此话不假，但是要看如何消费。其实，发达国家富人厉行节约的事例比比皆是。“节约为了环保”，已成为衡量他们是否值得人们尊重的标志。所以，关于西方发达国家，我们更多听到看到的是如下的情形：日本、美国、德国等大型购物场所推行布袋、纸袋和简化包装；新加坡为满足人们过节能有个热闹的气氛，设计并推出了空气爆竹和电子爆竹；日本等国的宾馆客房醒目处有“请君节约用水”“请少扔垃圾”的标示牌……环保，在发达国家俨然已经成为一种风气。

节约，不仅有益于环保，还可以使自己得益。正是由于这样的“多赢效应”，发达国家的人们在生活富足的同时仍不忘厉行节约。目前，国内不少企业和餐饮场所，也开始这样的尝试。据最近的媒体报道，上海宝钢虽然地处水乡，但从节约资源、保护环境出发，近年来加强了节水工作。工业用水重复利用率达到96.49%，吨钢耗新水6个立方，接近日本等发达国家钢铁公司的水平。以2000年为例，该厂全年的用水量比设计少用新水3000万立方米，减少了生产成本，提高了经济效益。无独有偶，前些天路过上海“不夜城”时，看到百年老店全聚德的门口挂着“适量消费——为环保减负；吃饭奖励——为客户节支”的条幅。这种提倡环保新概念之举，让我等看到了环保的希望。环保理念与意识，应该是我们这座城市的气度，是在每一个老百姓、每一个平凡岗位、每一个细小行动中，逐渐沉淀下来的。

跨入新世纪的门槛，“绿色”已成为人们关心的话题。就节约而言，人们也开始觉醒。愿国人富裕不忘节俭，约束自身的行为，用行动保护和重建美好的环境。

“勇敢”地呼吸

前些天，随便翻阅《读者》时，读到这样一则发人深省的环保言论：请勇敢地呼吸，让我们用肺去净化被污染的空气。我不禁顿生感慨，忍不住想说几句。

大约是在1992年，当时的《正大综艺》节目主持人杨澜，写了一篇关于未来世界大气污染的文章。文中，她用科幻的笔法描绘了在未来的大都市里，由于严重的大气污染，市民无法正常呼吸，新鲜空气在城市里成为一种商品。家庭主妇上街购物，除了捧回大包的食品外，还有一瓶瓶新鲜的空气。那时候，在人们的生活中购买空气已经同购买食品一样重要。

她大概做梦也没有想到，自己这辈子竟然亲历了自己曾虚构的生活。

2002年12月，弥漫京城的罕见连续大雾，使京城市民哗然。北京市环境监测中心每天都有接听不完的从各方面打来的询问空气质量的电话。其时，空气质量之恶劣，可见一斑。

去年末，北方许多城市连续发生长达数日甚至一周以上的大雾。当“印度洋上空不再有湛蓝的天空”的报道见诸报端时，人们才明白，原来外面的天空也不蓝了。以前对蔚蓝色的海天合一的美好印记也随着报纸被一起丢进了废纸篓。

诗仙李白《襄阳歌》曾经吟唱道：“清风明月，不用一钱买！”这种境界，如今我们这些城里人闻之如听天书。因为清风已经稀罕，星宿明月更是难得一见。回想起到日本和北欧考察环保的时候，或住在水边，或住在森林簇拥着的城市里，呼吸顺畅所自然释放的幸福感，倍增了我对现实大气环境的不满。

是的，倘若有人在我们饭碗里下毒，我们一定会诉诸法律；然而，有人污染了空气，每日把“毒气”送入我们的肺脏，浸透我们的全身，我们却往往选择无动于衷。因为美好的环境正在远离都市，人们正在淡忘呼吸清新空气的美好感觉，以至于在孩子们的心目中，天空本身就是灰色的；也因为污浊的空气的危害不一定马上表现出来，所以很难引起人们充分的警觉。

生活中的景象已经够我们不寒而栗了。比如，走在马路上，看见戴碳芯口罩的人逐渐多起来了。城市的癌症发病率中，肺癌及其他呼吸道系统的癌症已经占到了很高的比率。在如此状况下，难道人们只有退缩？

山自重，不失其威武；海自重，不失其雄浑；人自重，不失其尊严。向往蓝天，是每个人的本能。善待环境，人才有生存的基本空间啊。多给后人积点德吧！

把根留住

偶从某报读到一则消息，说南方某地，因为根雕业的发展，人们大量砍伐活树刨根，致使水土流失严重，给当地经济和生态造成了极大损害。读罢，忍不住想说上几句。

根雕艺术堪称又一国粹。千百年来，这一领域可谓人才辈出。更留下了一批根雕精品。改革开放以来，两广、福建等地的根雕业曾盛极一时。时至今日，此行业虽日渐式微，但靠此“吃饭”的人还有不少。因此，寻找“根源”便成为他们“吃饭”的前提。

据报道，近年根贩活动频繁，他们的活动范围也由本乡本土扩展到外地富林地区。如在广西、云南等地的原始森林里，就出现了不少扛着锄头的“寻根”专业户。而一些住广东“无根可雕”的民间根雕艺人，则索性远赴根源比较丰富的内地，就地取材，加工销售。仅仅为了获取一点小利，便将大量树木连根拔起。

虽然不少地方的林业部门在这些被挖走树根的地方重新种植原有树种，但“植树容易活树难”，结果是事倍功半。相比起滥伐者，挖树根者还要“刨根问底”，这导致了周边地表形态遭受极大重创。遇上山洪爆发，水土岂能不严重流失？况且，用作根雕的树木大多位于偏远地区，这些地区的绿化难度本来就大。所以，要恢复原有的生态环境更是难上加难。

鉴于根雕在某种程度上与“让祖国绿起来”的精神相悖，早在20世纪90年代，就有包括不少根雕艺术家在内的人士呼吁禁止使用活树作为根雕的原材料，并且明确要求必须用“朽木”雕刻艺术品参加各类根雕大赛。但由于缺乏强有力的法律法规支撑，有关部门又疏于管理，加之根雕队伍鱼龙混杂，这样的呼吁显得苍白无力，收效也就甚微。

看来，要真正把根留住，要使多年活树避免因根遭难，必须对根雕业进行更严格的规范，从源头上杜绝树因根受害的现象；同时对根雕品市场进行“末端整治”。我相信，随着国民环保观念的进一步增强，根雕业寿终正寝的一天，必将来临。

生态旅游　越走越远

有一段时间，各地纷纷打出“生态旅游”的招牌吸引游人。笔者当时也曾在地处天目山附近的安吉等地调查，置身于山峦叠嶂绿水秀峰间，在感受着自然的神奇与瑰丽时，也为日益升温的生态旅游给环境带来的负面影响感到担忧。

曾几何时，生态旅游取代人造景观而在国内成为一种流行。久居“樊笼”中的人们，纷纷涌向那些受人类活动影响较小，自然生态环境保存良好，风景优美的地区。一时间，回归自然成为一种时尚。仅在有“华东生物基因库”之誉的天目山地区，目前仅临安、安吉两县就已经有数十个以个人开发为主的风景旅游点（森林公园）、旅游度假村等。但由于一些旅游经营者的短视行为，大多数旅游开发项目缺少科学的规划与必要的管理，出现了旅游开发到哪里，污染与破坏就带到哪里的苗头。一些地方甚至已对纳入“联合国人与生物圈计划”的天目山自然保护区的核心地带构成“蚕食”“围攻”之势。

随着生态旅游热的兴起，素有“黄浦江之源”之称的浙江龙王山自然保护区，生态环境问题也在短短的两年内恶化了。在龙王山一条充满野趣的游道边，笔者不时地发现游人随意丢弃的塑料袋、饮料瓶等废弃物。一些游客不顾提示牌的劝告，随意翻越保护栅栏。他们践踏植被，甚至挖取盆景和山上的泥土。还有媒体公开做过类似“龙王山是小朋友捕捉蝴蝶的好场所”的正面报道。据笔者的考察，龙王山的生态日容量最多为 500 人。可是，事实上旺季通过购票上山的游客就超过800人。这种超负荷的旅游，对这里著名的亚热带森林生态系统的破坏是可想而知的。

值得注意的是，打着“生态旅游”的幌子，不少地方出现了“野味馆”。它们以本地野味吸引游客，美其名曰“绿色食品”。此外，一些娼妓也借着“东风”和别有用心的“食野味者”进行龌龊的交易。据说，许多“游人”不远百里、千里，利用节假日到此一游的原因正在于此。所以，那些生意在“生态旅游区”日益红火。或许是出于各方利益的考虑，目前真正愿意插手其中，进行综合治理的部门还不多。

专家认为，生态旅游是一种欣赏、探索和认识大自然的高层次旅游活动。它倡导人与自然和谐统一，注重在旅游活动中人与自然的情感交流，使游客领略大自然的野趣，认识大自然的规律和变迁，感受自然对于人类的恩赐，从而使人们学会热爱自然、尊重自然及提高保护自然的意识和责任感。但是，目前各地不少“生态旅游区”却出现了盲目建设的“城市化趋向”。在一些“生态旅游区”的核心地段，崭新的旅馆与庙观时隐时现，混凝土路更是比比皆是。

生态旅游强调“无为和倾听”，即在旅游地，除了摄影，什么也别取；除了脚印，什么也别留；在行进过程中，不妨驻足片刻，静静地做个聆听者，倾听这里一切“居民”的声音，听听环境的呼喊与细语，与自然进行灵性的交流、对话。生态旅游使人产生对自然的敬畏，唤醒人类对遗忘的本源的回忆，最终使人进入这样一种境界：人类诗意般地生活在地球村内。

然而，在“竹乡”安吉，笔者沿途调查发现，不仅参加生态旅游的旅游者对“生态”感到陌生，其组织者如旅行社及其导游，对此也认识模糊。许多生态旅游区的管理者（大多为外来的个体投资者）对于生态的保护措施更是因为巨大的经济利益而形同虚设。这些都充分说明生态旅游在不少地方被歪曲理解，看似在搞“生态旅游”，实质上却是背道而驰，越走越远。

由此看来，推行生态旅游不仅要求旅游者具备一定的环境保护观念，确立良好的环境道德，更对旅游活动的组织者、生态旅游区的管理者和各级政府部门提出了更高要求。

生态村的绿色魅力

前些日子，笔者有幸到崇明岛的前卫村去调研。那里的农家乐、沼气为核心的生态农业和万亩芦苇荡等，无不在指示这样一个信息：发展绿色旅游和观光农业。听取了书记和村长的介绍，我颇受启发。

据介绍，前卫村在20年以前就开始了绿色农业的探索。它以发展清洁能源——沼气在全国闻名，由此也获得了许多荣誉，全国各地的专家和学习者纷至沓来。这给前卫村的领导一个启迪——何不依托环境保护来发展经济？在全国各地以牺牲环境来换取短暂的经济利益的时候，前卫村领导的眼光可谓“前卫”。在经过近20年时间的努力后，前卫村发展生态旅游和生态农业可谓水到渠成。这些年来，来这里考察、参观甚至度假的客人络绎不绝，而且都是乘兴而来，满意而归。这无疑极大地促进了集体积累与村民收入的持续增长。

前卫村的经验是什么？我反复推敲，认为主要是该村十分重视对当地生态旅游资源“在开发中保护，在保护中发展”。

“开发”，自然是历史的必然。没有开发，人类就不能进步。但是，发展又不能以破坏生态环境为代价。假设赖以生存的环境都被破坏掉，人难以存活，就谈不上搞什么发展。常言道：“皮之不存，毛将焉附？”就是说明这个道理的。

可是，我们很多时候又在忽视这样一个简单的道理。再举一个也是不久前读到的例子：河北省抚宁县董家口村，村后山上有一段长达六千米保持完好的长城。据史料记载，此段长城是明朝抗倭名将戚继光率将士修筑的。长城依据险峻山峰攀延，气势磅礴。最为难得的是，长城周围植物茂密，几年前尚有多种野生动物出没其间，生态环境保持良好。经专家考证，现在生活在董家口村的村民多为当年明代守城将士的后裔。因此，每年都有许多人到此旅游观光。可是，这些明朝将士的后代近年却财迷心窍，竟然打起砍伐长城周围古树的主意。结果，不到一年的工夫，绿树葱茏的山峦成了满目疮痍的秃岭。从此，很少有游人再去那里旅游，也无城里人到这山区来住“农家乐”、尝“农家饭”了。树林毁，财路断，后悔莫及矣！

转变，常取决于微小的诱因或刺激。而良性循环和恶性循环，对比如此鲜明，真是发人深省。

做个畜生好辛苦

“在这里做个牲畜都好辛苦。”这是我在最近一期《读者》“言论”版中读到的话，是某记者在内蒙古沙尘暴源地采访后的内心感慨。

记者描述“在这里，一场大风过后，就能在草场中找到被刮死的羊，活着的牲畜也只能饿着肚子艰难度日”。读罢这则言论，笔者心里特别不是滋味，仔细回想见诸媒体的报道和自己的所见，立时觉得有必要把记者的话说得更坦率些：“做个畜生好辛苦！”这并非危言耸听。

举凡畜生处境堪忧的原因，无外乎二。

其一，各种原因导致自然环境的退化，使畜生的食物来源受到严重威胁，饥寒交迫，继而影响它们的生存。由上面那位记者的描述可知，内蒙古沙尘暴区牲畜度日艰难的原因应属于此。笔者认为，适应环境或接受环境的考验，乃生物进化之必需过程，所以弱者死亡淘汰，优者向更优发展，实在没必要觉得可惜或感慨。

其二，为满足人类没有上限的欲望，而使畜生蒙难。这才是值得我们反省的问题所在。其后果是物种多样性的丧失，最终则可能导致人类自身的消亡，可是利欲熏心心渐黑，又有多少人考虑到这种自然界相克相生的关联性呢？

现在，就让我们看看人类对畜生做的孽吧！一些所谓的“贵族”，为了得到更多带有炫耀成分的“沙图什”，使可可西里这块野生动物的天堂、藏羚羊的栖息地正变成一个屠宰场，每年数以千计、万计的藏羚羊被非法偷猎者捕杀！昔日茫茫高原上数万只藏羚羊一起奔跑的壮观景象，如今再也见不到了。

与此同时，工业化大生产，把畜生带入了另一个死胡同。为降低成本，原本公认的颇具“福相”的猪，如今有不少被非法喂食泔脚甚至是垃圾，使之成为“垃圾猪”。真不知道，“享受”着今不如昔“待遇”的猪们会有何感想。为了提高牛奶产量，不法养殖户给奶牛打激素，并毫无顾忌地滥用抗生素，“制造出”一头头高产牛，它们体态臃肿，步履蹒跚，身心疲惫，“牛劲”全无。回头看看动物园里的畜生，日子也不好过。本来为着孩子们增长知识和丰富阅历而开办的动物园，现在已然成为某些“聪明人”新的“财源”，老虎、狮子不再养尊处优，它们被拔去了门牙，供人们取乐和照相，熊则可能在一夜之间被人砍去四掌……

总之，不管是身边的还是遥远的，畜生普遍受到了人类摧残或捕杀的“礼遇”。是的，在地球上，它们只是畜生，它们没有理由和人平起平坐。虽然有不少人在叫喊着“人地和谐”“人和动物是朋友”，但这声音显然不够响亮，它被人类的无知和漠视掩盖了。

做个畜生好辛苦！我相信如果你见过被剥掉皮的藏羚羊在高原上奔跑的凄惨画面，你也许会怀疑我们是否身处地狱。畜生的命运理应得到公正对待，它们为人类的发展作出了牺牲，也只有它们才真正够得上是“捧着一颗心来，不带半根草去”的无私奉献者。

倘若人类再不采取切实措施，那么物种的灭绝就在眼前！到那时，畜生们一定会无奈地发出“既生畜，何生人！”的悲叹。我们谁也不希望生活在一个如同地狱的世界里，良心未泯的人们，就让我们关注一下畜生的处境，让各种在生活中真真切切地上映着的虐待畜生的场景就此打住。

拒食野生动物

在峨眉山顶大吃猴脑，在秦岭深处大肆猎杀野生动物……这是笔者最近参观某“环境保护警示教育”图片展时目睹的血淋淋的景象。这再次证明，虽然国家对野生动物保护的宣传进行得如火如荼，但并没有改变少数国人对野生动物漠视的态度。这不能不说是个悲哀。

如果说，在那缺衣少食的年代，人们食用野生动物还可以原谅的话，那么，如今那些肆无忌惮地张大贪婪之嘴的食客，不是为了简单的充饥，而是为了满足畸形食欲。大补、猎奇、摆阔……种种理由让“老饕”们忍不住对野生动物垂涎。

据2002年媒体的一则报道，当时上海一年仅被吃掉的蛇就达到1000吨（其中不乏野生的）。北京市同时期的一项调查也显示，有约一半市民吃过野生动物，而经常食用野生动物者约为十分之一。而在广东，在蛇类、龟类等被吃得极度匮乏的情况下，连鸣禽类都成了“盘中餐”。更有甚者，竟吃起了蝙蝠！由于本土的野生动物已不能满足广东人的口腹之欲，所以现在大蟒蛇、穿山甲、巨蜥、猫头鹰等几乎都由省外及国外偷运入粤。

曾经有位学生为调查“吃野”之残忍，专门作过暗访，还写了一篇名为《噩梦》的文章。其中，详细描写到黑心老板与贪婪食客关于熊掌交易及铁笼中的熊先后被割去四个熊掌而痛不欲生的血腥场面。

而今，虽有《刑法》和《野生动物保护法》等有关“国家保护野生动物及其生存环境，禁止任何单位和个人非法猎捕或者破坏”的条文规定，但现实生活中，这些条款规定在许多地方依然形同虚设，仅仅停留于纸面上，并未得到切实有效的执行。

“食野猛于虎”，这是近期一位政协委员在《广东省野生动物保护管理条例》正式实施将近一年的时候发出的悲叹。他在调查中发现，珠江三角洲地区的不少餐馆、酒楼悬挂“野味”等招徕食客的招牌随处可见，这与目前轰轰烈烈的“拒食野生动物”活动形成了强烈的反差。

对于“食野”之风屡禁不止的状况，笔者认为，政府有必要进一步加大执法查处的力度。俗话说：“顽症还需猛药医。”只有对食野者和供野者处以重罪和重罚，方能从根本上打击破坏野生动物资源的违法犯罪活动。同时，还要在全社会推行有奖举报制度，形成不敢抓、不敢卖、不敢买、不敢吃野生动物的环境。

此外，从食客的“食野”心理出发，开展科学饮食的宣传教育，是根本之举。事实上，喜食野味者是陷入了一个误区。首先，因为野生动物肌肉纤维较粗，口感根本比不上家畜，更谈不上“大补”；其次，污染已导致某些野生动物产生了基因突变，食用这些动物可能诱发癌症等恶性病变；再次，绝大多数饭店里出售的野味都带有寄生虫、激素、细菌和有毒物质。食用它们，除了有得肠胃疾病的危险，还会出现呼吸困难、神经错乱等并发症，甚至会付出生命代价（事实上，2002 年底，中国广东等地出现了多例原因不明的、危及生命的呼吸系统疾病，后逐步蔓延。世界卫生组织将此类疾病命名为“严重急性呼吸道综合症（SARS）”。2013 年，中国科学院武汉病毒研究所研究员石正丽带领的国际研究团队分离到一株与 SARS 病毒高度同源的 SARS 样冠状病毒，进一步证实中华菊头蝠是 SARS 病毒的源头。由此可见“食野”之风险。

“没有买卖，就没有杀戮。”我们应该自觉树立良好的、文明的社会风尚，这既是保护野生动物的需要，也是建设“生态文明”的需要。

人在吃，天在看。行文至此，笔者呼吁，每个有良知的公民都应该怀有“仁慈”之心，拒绝“食野”，做文明人。而那些食用过野味的人，更应当时刻检讨与反省，悬崖勒马。因为你的贪婪和好奇，你吃掉的不仅是野生动物，更吃掉了你的良心与人性。

扭曲的心态

2000年的暑期，我正好去了一趟浙江安吉。在这个以“生态旅游”立县的地方，经历了两件事，颇有感触。

一日，我们驱车到龙王山考察植物的多样性。不一会儿，车颠簸着拐上山坡，绿色的原野上出现了一湖碧波荡漾的清水，一群天鹅在湖面上优雅前行，几只大的展开着翅膀前后相随，几只灰色的小天鹅夹在中间。导游兴致勃勃地问：“看到这群天鹅，诸位想到了什么？”同车一位同胞应声回答：“烧鹅！”闻听此言，导游朋友惊得半晌说不出话来。

绿色原野，碧绿的湖水，山的倒影，晨曦和天鹅群，多么完美的自然风光组合！却被上海同胞的回答搅得诗情画意全无，导游为此感到惊愕或失望是再自然不过的。

再说到了目的地，但见邻车上的小朋友在老师带领下一窝蜂地去山里逮蝴蝶去了（后来才知道是上海某少科站组织的“生态夏令营”，目的是到龙王山抓捕蝴蝶）。待到集合时间，小朋友们带着不同的收获，在停车场进行着一番交流。“我们组一共捉到了35只。”“太差劲了，我们组捕到了82只。”“我们56只。”……话语中充满了愉悦和自豪。据我的估计，40多位学生在一天内大概共捕获了500多只蝴蝶。试想，若该少科站每年组织十批学生参加这样的活动，那么，龙王山的蝴蝶不是将在几年内消失殆尽？

虽说那位游客只是睹物思吃，那批学生捉捕蝴蝶只是为了制作标本或满足好奇心，但从不同的角度折射出某些人对野生生物（尤其是动物）所怀有的不良心态。

环顾左右，我们不难发现：野味馆生意红红火火，有的动物园甚至沦为“动物集中营”；将野生动物视为弱肉，对野生动物进行“妖化”描述的现象比比皆是；对野生动物持有“能吃则吃，不能吃便捕杀取乐心态”的人又何止万千？可怕的是，这种被扭曲的心态往往是演变成杀戮野生动物实景的催化剂。更可怕的是，这种不良心态还会潜移默化地动摇人们尤其是后代人的良心。

要改变野生生物长期遭受灾难的窘况，关键在于矫正人们对野生生物的畸形心态。要做到这一点，必须认真审视人与野生生物之间的关系，并努力悟出个中的真谛。保护野生生物及其环境，需要我们把诺言变成行动，将理智化为力量。

先修身，再谈别的。努力保护和挽救野生生物，也是在拯救人类自己。

早熟的葡萄是酸的

写下此题目，并非笔者空穴来风，也绝无“吃不到葡萄说葡萄酸”的意思。

说实话，笔者属于特别“迷信”维生素 C 的一类人。所以，市场上的各种时令水果，有不少是我的最爱，葡萄自然也在其中。这不，葡萄才刚上市，我的“消费量”就达到了日进 500 克，且毫无“罢休”之意。

然而，北京电视台近日播出的一份有关早市葡萄的调查结果，却让我这个“葡萄粉丝”吃惊不小，甚至有些恶心。原来，8月初北京市场上就出现了本该在9月中下旬成熟的“玫瑰香”葡萄。这种葡萄正常成熟时的糖分应该在18%左右，而现在上市的，虽然色呈成熟的黑紫色，但实际检测出的糖分竟只有11%左右，真可谓“金玉其外，败絮其中”。

经过调查发现，原来这些葡萄是某些农民为了占领早市，提高收益，喷洒了含有有毒物的催熟剂。使用了这种催熟剂，只消三天工夫，就足以让未熟的青色葡萄“成熟”。值得注意的是，这种催熟的葡萄，除了吃起来口感酸涩外，更会因为有毒物的超标，使食用者急性或慢性中毒，身体健康受到危害。

看到此处，我真的感到寒心。因为此前，我一直以为吃些去皮的葡萄对身体总该没有什么危害。哪里会知道，我们还是被那些看似淳朴的葡萄生产者欺骗了一回。

联系到前段时间出现的“黑米”“废油”“垃圾猪”等炒得沸沸扬扬的事件，现在人们对食品安全问题的关注可谓到了“聚焦”和“忧虑”的程度。“吃动物怕激素，吃植物怕毒素，喝饮料怕色素，能吃什么心中没数……”某位人大代表略带嘲讽和无奈的“顺口溜”，可谓道出了中国百姓的心声。

也因为如此，不少地方政府部门提出了建立食品“绿色通道”的设想，而市场上一度也是“绿色食品”泛滥。然而，仔细琢磨，问题依旧，老百姓的餐桌上似乎并不“干净”。作为黎民百姓，我们更期盼，在食物中毒（含慢性中毒）屡屡发生、食品被不断地用农药和高科技手段“改良”而影响着人类自身的生存与发展的时候，有关管理和执法部门能真正树立起全心全意为人民服务的思想，进一步加大监管力度，向那些有毒有害食品的生产者和销售商重拳出击。

我们正在创建“诚信社会”，却仍有不少缺乏诚信的人在千方百计地钻空子、发横财。可以断言，这种“不诚信人敛财，而诚信者吃亏”的怪现象不根除，诚信社会的建立和国家的发展将无从谈起。

所以，我真的希望，通过有关部门的长效管理和全社会对食品安全举报制度的完善，在明年的今天，我能吃到包括葡萄在内的贴有“放心”标签的各类水果。

谁为农药中毒事故负责

生活，有时如俄罗斯方块游戏，不停地有不规则的事件突如其来，你还没有想好放在何处，又一个麻烦却接踵而至了。

岁末，回金山老家过年，听到了不少稀奇古怪的事。其中两件是有关农药中毒的。

有一件事说的是去年仲夏夜，孙姓媳妇吃了自留地里的小青菜，结果造成急性中毒。所幸被丈夫及时送往医院灌肠，才没闹出人命，但好几天不省人事。后来才知道，原来是婆婆看到田里病虫太多，给青菜喷了杀虫灵。由于临时出门，没来得及告诉家人，待回家后看到事故已酿成，后悔莫及。

另外一件事是母亲亲历的。去年9月中旬的一天，因为三姨夫受了工伤，她们姊妹四人遂同去探病。三姨买了几个菜，留大家吃午饭。其中有鸡毛菜。母亲平日喜食蔬菜，所以鸡毛菜吃得最多，还用菜汤拌饭。结果，回家后上吐下泻，整整折腾了一夜。好在可能农残不太多，母亲硬是挺了过去。姐姐把这事电话告知了三姨和三姨夫，弄得他们非常尴尬。当然，这事儿不能怪他们，怪只怪那些不负责任的卖菜人。他们为图卖个好价钱，把没过农残期的蔬菜提前上市。

事实上，只要稍许留意一下各媒体报道或者去医院了解一下，因食用农药超标蔬菜而中毒的事件可谓层出不穷。全国每年因为农药中毒而亡的人数虽无精确数据，但我敢断言，数字不会少。至于像我母亲那样，因食物中农药超标导致轻微中毒的更是不计其数。

“农药猛于虎”，这几乎成为我近几年给学生上环保课时的口头禅了。其实，关于农药尤其是剧毒或中度毒性农药对人类的危害问题，早在20世纪中叶，卡尔逊女士就在其著作《寂静的春天》中描述过。此书的出版，曾一度震撼西方世界。

而今，发达国家对食品安全问题尤其关注，对于食物中的农药残留标准要求甚高。但是由于国情，国内不少人对此问题仍处在追求产量、解决温饱的认识水平上。加上整体上缺少法律法规以及管理力度不够等，使农药甚至是国际严禁的剧毒农药在国内仍有很大的地下市场。结果，我国出口的瓜果蔬菜甚至部分水产品，许多就是因农残问题而被发达国家拒之门外。国外的“绿色壁垒”，已给我国农产品的出口创汇带来了巨大障碍。由于中国老百姓的农残意识不如发达国家高，所以，除非吃出人命，是鲜有人与农民伯伯“将官司进行到底的”。

谁为农药污染事故负责？我以为，不能被动地“头痛医头脚痛医脚”，而应该标本兼治。源头控制、过程控制和“末端治理”，多管齐下。

所谓的源头控制，就是首先对非法生产国家禁用的剧毒或中度毒性农药的地下厂商（贩）进行围追堵截。实行有奖举报制度，营造全社会监督的氛围；其次是教育农民，不要急功近利，为图一时之小利，而使用剧毒农药。特别要引导农民不能把未过农药残留期的农产品提前上市，让农民意识到不负责任的后果是“搬起石头砸自己的脚”，既会使自己的市场信用受损，还可能导致本文开头故事中“祸及家人”的中毒悲剧。过程控制，就是市场要加强农药残留问题的抽查管理，严格检验农产品农残状况，严厉处罚违规现象。实行销售信用制，对于超标者及时曝光，在市场上推行蔬菜食品“QS”标识制，让老百姓买上放心菜。“末端治理”，就是要老百姓首先选购绿色食品或放心菜，其次买蔬菜瓜果回家后，多用清水清洗或浸泡一段时间，使可能有的农药残留物稀释。

谁为频繁的农药污染事故负责？但愿这样的质疑以后不再有。真希望有一天，国人对自我道德境界提升的追求远远超过对于金钱的计较，民众的社会生活中利人利己的原则被广泛地接受，进而成为一种社会成员间的约定俗成。不知我这样的要求算不算太高？

塑胶操场遭遇环保尴尬

读近日的《中国青年报》获悉，在刚刚结束的第二届中国学校体育科学大会上，有关专家一致呼吁“必须尽快终止学校体育场地铺设塑胶跑道的做法”。

原因并非众所周知的铺设成本或维护费用高昂，而是来自专家对塑胶主要成分——工业聚氨酯材料（甲苯二异氰酸脂，简称TDI）对人体有直接危害的研究。该研究结论，也得到了中国室内装饰协会室内环境监测中心的证实。他们在检测研究中发现，用TDI铺设的跑道，在炎热或强光下，会释放出许多有害气体，从而危害人们的健康。这一研究结果的公布，显然为那些不顾实际，盲目提倡塑胶跑道的人士敲响了警钟。

一些不太关心环保者，对此消息或许不屑一顾，甚至会有人认为这纯粹是某些环保者的危言耸听。其实不然。近有台湾媒体报道：新学期伊始，台北某中学学生在新翻建的塑胶体育场地上上体育课时，由于吸入该有害气体，导致15名学生同时集体中毒。而国际运动跑道技术协会基于工业聚氨酯材料中含有的单体TDI成分，很早就已经明确禁止用该原料铺设跑道。现在，在日本等地，恢复传统沙土跑道的呼声越来越响亮。

体育场建设的根本目的，是让人们通过锻炼强身健体。如今，因为TDI跑道的铺设，运动者可能在运动时遭受过量有害气体的危害。这显然有悖于体育运动的初衷，专家们提出“封杀”建议也便在情理之中。

20世纪80年代以来，在发达国家或地区，环保一直备受关注，因环保问题项目被取消甚至推倒重来的事例屡见不鲜。前几年，加拿大“能源之都”卡尔加里因为冬季奥运会的举办，成为“不夜之城”。依我们时下的看法，这不失为一件形象工程。但卡尔加里人却不买这个账，向政府提出抗议，要求重新获得自然的恩赐——恢复黑夜。结果，政府被迫再花巨资拆掉了给当地人带来“麻烦”的灯光系统。在国外，人为动物（无论该动物是否受到保护）让道，为给鸟儿提供一片栖息地而将重要的建筑拆毁等，皆属常情，更何况TDI可能损害学生的健康这等“大事”。

曾几何时，我们在大兴土木的时候，似乎缺乏对环保的足够关注。于是，一不小心好心却办成了坏事。比如，有一阵子流行豪华装修，结果却诱发了不少小儿白血病。这种花钱买罪受的现象，至今仍时有发生。

读到专家对 TDI 跑道“封杀”的提议，我很高兴，毕竟有越来越多的人开始关心环保，关心我们的生活生存质量。但是，高兴之余，我更关心决策者的理智举措。就拿学校建设来讲，真希望我们不仅能关注作为争创“示范性学校”的硬件保障，更能从“以人为本”和环保角度着眼长远，使国内的学校在与国际硬件设施接轨的同时，在环保方面也多一些和谐，少一些隐患。

呼唤使用再生纸

细心的读者一定会发现，2001 年始的《中国环境报》已使用再生纸印刷出版。这是“做环保”的人做出的又一环保实事，值得褒扬。

虽然使用再生纸在发达国家和地区已成为一种风尚，但在我国，再生纸的生产和使用一直处于滞后状态，以至于许多媒体在大力宣传环保的时候，却忽视了一个重要的问题：原来像推广使用再生纸之类的“小事”，其实就是最大的环保。而今，以《中国环境报》为代表的一些媒体开始使用再生纸，无疑是推广环保的一个良好开端，具有典型的示范性。由此可以设想，不久的将来，国内将会发生一场推广使用再生纸的革命。所以，作为关心环保热心公益事业的普通人，我们颇感兴奋。

我国是个用纸大国，据悉，每年因此砍伐的森林数目和进口的纸浆、纸张数量等，已给国家造成了巨大的经济和生态压力。诚然，环保不是一个人或一家单位的事情。《中国环境报》等有关单位若能在躬行实践的基础上，进一步做些倡导工作，引导更多的用纸大户使用再生纸，让更多的企事业单位的老总认识到使用再生纸其实也彰显了一种环境文化的话，那么，我们用纸“重生产、轻回首”的局面一定会有明显改观。现存的许多环境问题，或许就因为这么一点小小的变化，而会呈现另一番景象的。

少用一张纸，多栽一棵树，地球更美丽。只有落实到行动的环保，才称得上是真正的环保。在全社会营造使用再生纸的环境，坚持和推广使用再生纸，对于环境宣传媒体本身而言，躬行实践、率先垂范往往要胜过千万句的说教。

警惕“绿化腐败”

前些日子，读到几则有关绿化的消息，让人啼笑皆非。

一则是说，某地为了达到上级对交通干道视野中“满绿”的要求，竟然在少有人涉足的山坡上刷绿油漆。好在很快被戳穿，有关责任人员正被查处。一则说的是青岛有绿化工人在入冬后给某些路段的暖季型草皮喷“绿色涂料”，枯黄的草坪即刻“绿意盎然”……另外一件事也是关于北方某特大城市的，说的是有关绿化单位为了养护特别喜欢水的来自西欧海洋性气候的草皮，结果导致许多本地树种被“淹死”。

实际上，稍微留意一下最近几年关于各地绿化的消息，此等“怪事”可谓层出不穷。为了实现城市和谐发展，绿化本是件大好事。但任何不切实际的“拿来主义”，或者为了所谓的“达标”而以假乱真，都是不可取的。它带给人们的负面影响是长久的，也可以说是一种新的腐败。

由前几年各地种树却难见树的“数字游戏”盛行，再到上面我们提及的两个事例，都在清楚地昭示了绿化腐败的深层问题是官本位思想和弄虚作假在作祟。它揭示出人们在某些方面的浮华与急功近利。就拿绿油漆充绿化的例子来说，作此决策者本该认识到这样做无异于是“皇帝的新装”，是无法瞒天过海的。但决策者还是心存侥幸。不知此种“决策”是否可以申报吉尼斯世界纪录？而北方某特大城市的例子，其实在很多地方更多领域都能找得到影子。不切实际，只管“目标”的达成，以至于顾此失彼，使我们花大钱买来了资源的浪费，实在是得不偿失。

除此，我还想到另外一件曾发生在上海的绿化事情。多年前，为了使上海更快“绿”起来，有专家建议“多移大树进城”。于是，当时掀起了一阵“移大树热”。一时间，上万棵从外地富林地区购来的大树，缺胳臂少根系地来到市中心。但几年下来，我们发现问题很多。比如大树难挪，成活率低，花了大钱却买不来理想中的“大绿”。经过反思，上海人对城市绿化放眼长远了。而今，“移大树不如多栽小树”，已然成为大家的共识。

新的一春，各地对新一年的绿化工作作积极准备了。原本的失误也罢，失策也罢，都需要我们用切实的行动去弥补。一切补偿都还来得及。也希望在未来时间里，有关“绿化腐败”的“新闻”事件能淡出我们的视线。不知我这样的愿望算不算太高？

责任重于泰山

新世纪第一个春天，全国各地绿化工作大张旗鼓。然而，不祥的预兆还是一个劲儿地冲击着好不容易才获得的一点成绩。

首先，看到了有关媒体关于“上海的绿”的报道。与此同时，每年肆虐西北、华北等地的沙尘暴再次光临，强度和影响范围均超过预计。于是，北京行人在风中飘摇。沙尘甚至刮到了南方，导致上海突然下起了“泥雨”。一时间，生态环境问题又摆在了人们的面前。

其实，要改善生态环境，关键还是绿化造林种草的问题。植树种草是防沙的最好途径，已是不争的事实了。据研究，在林带20—25倍树高范围内，风速比空旷地降低10%—15%。当植被覆盖率达70%时，近地表风速可降低62.8%，含沙量减少到0.25%。另外，植树种草产生的生态价值远远超过树木本身的经济价值。

如今，祖国的天南海北，越来越多的人明白：生命中无法离开绿色。就像不能没有空气、水一样，人也不能没有森林。于是，百岁老人在深山里植树几十年不悔，青年农民绿化荒山痴心不改，沙漠里的人们像护卫孩子一样护卫嫩苗。植树造林、爱林护林，已经成为我们坚持不懈的行动。每年5亿人义务植树24亿株就是最好的证明。所以，“让祖国绿起来”已不只是停留在口头，而是体现在了有识之士的具体行动上。

然而，有些人的意识好像还是停留在原始社会状态，看待问题也过于简单化，以为只要种了，树木便可成林。三分种，七分管。只种不管，树木只是一种摆设。这就好比，装上了消防设施，不意味着火灾就可以杜绝；装上了红绿灯，不意味着交通秩序就可以通畅；进行过宣传，不意味着犯罪活动和行为便就终止……疏于管理的教训实在太多。说到这里，我想到一个故事，说的是冯玉祥将军。冯玉祥将军喜欢植树栽花，曾被誉为“植树将军”。他军纪严明，其中就有“严禁损花毁树”一项。在新乡驻军时，他明令手下不准拴马啃树，并立有“马啃一树，罚栽十株，杖责二十”的罚规。最严厉的当属他在徐州植树后所写的那首《护林诗》了——“老冯驻徐州，大树绿油油。谁砍我的树，我砍谁的头！”决心之大，罚则之严，足以令一切试图违规者望而却步。所以，我觉得，护林、管林要拿出种树时的热情和功夫，还要更新观念，多下去走走看看查查管管，才会防患于未然，才不至于在问题出现时遮遮掩掩，才不至于在镜头前露出尴尬相。

少做点表面文章，多来点实在的行动。植树如此，护林、管林更应如此！

换个角度做环保

时下，中学环境教育开展，可谓如火如荼。许多学校因此赢得国家级、省级绿色学校的称号，并在“绿色教育”的推进中起到了良好的示范与辐射作用。

但是纵观我们大力推进的环境教育，似乎“纸上谈兵”更多。结果是，学生的环保意识在行动落实上很有限。所以，环顾四周，乱扔垃圾、浪费水的问题等依旧严重。因此，不少教师认为，中学环境教育难在创新和实践。

前些天，在某研究性学习交流会上，听了一位老师的发言，我对环境教育有了新感悟。黄老师虽不是环保老师，但我注意到他曾指导过一个“特别”的环保课题。有学生欲做某河流污染调查，向他求教。他觉得类似课题很多，难有创新，提议换个角度研究。于是建议，不妨设计一些简单实用的水样采集器。他的理由是，一般同学去采水样会使用现成仪器，没有想到去创新；而专业检测部门或环保设备厂家也因重在水样分析上，对设计开发廉价实效的水样仪也关注不够。那个学生采纳了他的建议，开始对市场上各种水样仪进行调查。从专业商店、水质监测部门，再到专业厂家，结果发现罕见廉价而实用的水样仪。于是，学生们着手设计。结合劳技制作、经验和身边的材料，反复测试、比对及成本核算，终于制作出了六种价格便宜、适合不同深度采样的水样仪。比如，有用大号针筒辅之以支架制成的，有用有机玻璃管制成的旋转式圆孔水样器，有用吮嘴式饮料瓶制成的，还有用若干鱼缸输气泵组合而成的，甚至还有能在不同深度同时采样的自动化水样仪等。他们写论文，更有实物制作。专家看到这些“成果”大感意外，认为这些设计成本低廉却精确高效，感叹此项研究将是“多赢的”。从此，学生对环保技术问题就更重视了。我佩服这种“无心插柳柳成荫”的创新式环境教育。

近日，授环保课时，谈到用纸浪费问题。纸张消费加剧了森林破坏，怎么办啊？当时有学生回答：小时候画画一般用磁性的即画即擦小画板，现在我们能否在课桌一侧合理区域设计安装一个类似的磁性草稿板？这样，作业、考试都无须再用草稿纸了。我觉得这个创意好，就鼓励他们一试。

看来，环境教育要有更强的生命力，还需要回到解决具体问题上来。比如，设计一个节水的小装置，或研究一下家庭绿化合理摆放的问题。如此，学生能力得到发展的同时，身边的环境也将焕然一新。敏于观察，勤于思考，换个角度做环保，往往会出现新的转机。

细微之处见环保

最近亲历的两件小事，给我上了一堂生动的环保课。

每个学校都免不了要印些讲义什么的，所以文印室便成为学校的用纸中心。或许是因为环保意识的提高，文印室的几位职员比较注意节省纸张。他们的做法之一，便是在付印以前，认真作好数字统计，尽量不多印。一次，文印室负责人帮我算了一笔账：学校平均每天消费各类用纸 10000 张，实际至少可节省出 300 张。这样，一年可以节省纸张 60000 张，可为学校节支 2000 多元。听罢，我吃惊不小。更重要的是，假设 6000 张纸需要一棵大树才能制成，那么节省纸张 60000 张就等于每年可少砍伐 10 棵树龄在 50 年左右的大树。如此计算，若每所学校都能注意，仅上海学校系统节省的纸张就可以少砍伐 20000 棵树。这个数据，约等于上海现存树龄在 50 年以上大树数目的一半。如此看来，节约用纸的效果绝不亚于我们大力提倡的植树造林活动。

笔者所在的小区有位王先生，是位高级知识分子。他的日子过得并不寒酸，但有好几次我都发现他将收集的塑料瓶、废旧报纸等交给收废品的阿姨。有一次，阿姨问他：“这些东西值不了多少钱，为什么还给我？”王先生答道：“我只是想尽一份环保责任而已。”我想，在国内，像他这样的人不少，但也不多。倘若我们像他那样能多拥有一份责任心，我们的环境状况一定会是另外的模样。

我国是一个文明古国，但不得不承认，国民的文明素养与发达国家尚有不小差距，要让整体文明水平上一个台阶，我们还需要付出更多。比如保护环境，离不开大家的行动，而再小的力量也是一种支持！我这样说的用意是，千万别把环保看成是很高深的事情，也不要动不动就把环保与什么思想、理论挂钩。其实，推动环保进程的大军还是咱老百姓。细微之处体现出的环保意识，才是最可靠、最真实、最有说服力的。

关注家庭环保

新千年的第一个暑假，“爱的教育”等十一家单位联合发出倡议，倡导广大中小学生能过一个“绿色的暑假”。而“绿色暑假”的一项重要内容是引导学生和家长一起做好家庭环保工作。可以说，这弥补了多年来上海环境保护工作的一项空白。

的确，上海经过多年的努力，环境状况和面貌有了前所未有的好转。有人戏言：“上海的脸面干净了。”然而，要实现市委市政府提出的到2010年左右将上海建设成为“生态型城市”的宏伟目标，光把脸擦干净还显然不够，我们更应注意细节。比方说，提高沪人的整体环保意识和道德水准，搞好家庭和社区的环境保护等。

据笔者的调查，现在上海市环境保护总体成就的取得，多与政府行为和环保法律、法规的制约作用有关。而对家庭环保问题，目前有关部门似乎仍缺乏办法。因此，家庭环保至今依旧是影响上海环保更上一层楼的主要障碍。

根据调查，我们还发现，现在的废旧电池回收、垃圾分类、节水、油烟的排放等难题均与家庭有关。但是，这些问题还未引起我们足够的重视。据相关调查结果显示：上海城市居民垃圾袋装化率约90%，垃圾分类倾倒的却不足30%，有约12%的市民还存在随意扔垃圾、倒垃圾的现象。

现在，若能利用广大学生放暑假的机会，让他们向家长宣传家庭环保理念，让他们明白这不仅是只为小家，更是为上海乃至地球这个大家考虑。这样，通过他们的实践，既可帮助家长一起美化家庭，体验生活，又能使家长的环境意识根本好转，从而使上海的软环境建设切实好转。这无疑是个一举数得的好主意。

谈起环保，很多人会想到"温室效应""土地荒漠化""臭氧层空洞"等问题，好像环保是离自己很遥远的事。其实，环境保护，贵在从点滴做起。比如，有意识地将垃圾实行简单的分类，将废旧电池放到指定的回收点等。聚沙成塔，集腋成裘。只要我们有一颗环保的责任心，那么，我们的任何一个微小的行动，任何一个不为人知的善举，都能为环境质量的改善作出贡献。

和谐上海是我家，美丽环境靠大家。一点一滴涵养文明，"过一个绿色的暑假——让家庭环保有所转机"，也许，这正是活动发起者的初衷吧！

烦由“垃圾”生

有人把当今我们这个享受人类文明的社会，称之为“用过即扔的社会”。依我看，此话并不过分。

据说，在物质高度富裕的美国，更新换代的周期愈来愈短，垃圾的堆放和处理成为美国人头疼的事儿。然而，近些年，发展中的中国也呈后来居上的态势，垃圾“围城”现象毫不逊色于发达国家。正如某官员在评价中国城市的快速发展以及公共服务设施的不足给中国带来越来越巨大的环境压力的现实时所指出的，“发达国家在一百多年里陆续产生的环境问题，在中国二十多年里就集中出现了”。

据1997年的媒体报道，当时有着700万人口的北京城区，日产垃圾为1.5万吨。如此算来，一年的垃圾量可堆成3座景山。卫星图片显示，北京市区及市郊，已经形成了环状垃圾群，占地超过100平方米的垃圾堆有一千多处。北京被垃圾包围了，北京人生活在“垃圾世界”里。

然而，北京又仅是国内被垃圾包围的200多座城市之一。据统计，全国城市生活垃圾年产量已经达到1.7亿吨。若加上其他固体废弃物，则达7亿吨每年，而且每年还在以8%左右的速度递增，到2001年底，垃圾堆放总量已突破80亿吨。全国本已经捉襟见肘的耕地，为此又净减了500万公顷。而由垃圾发酵产生的沼气等引发的爆炸、中毒等事件，也是层出不穷。显然，垃圾已开始全面而主动地向我们宣战。

俗话说：“眼不见，心不烦。”而今，当我们无法将垃圾堆放到眼睛看不到的地方时，烦便也由心头而生。于是，有人大胆预言：继20世纪计算机、信息技术革命之后，本世纪将会由垃圾引发出另一场革命。人类不得不为将被垃圾所淹没而绞尽脑汁，付出代价。

行文至此，笔者突发奇想：现在，我们因“垃圾”而烦恼不已，那么，我们能否像其他曾困扰我们的问题一样，变压力为动力，迎接这新世纪的“挑战”呢？换言之，不久的将来，谁能使“垃圾”“俯首”，谁就能在国际秩序中赢得主动。

未来孩子的汉堡

两片面包，中间夹着工业垃圾、建筑垃圾和生活垃圾，构成了未来的汉堡。这是我在前不久路过内环线时偶尔看到的一则公益广告。后来，仔细想想，这则广告给我的感觉是喜忧参半，所以想多说几句。

喜的是，在新世纪的开端，环保问题越来越多地受到人们的关注。许多公司和公众开始热心环保公益事业，这无疑是个好兆头。联系到我们的生活，当我们看到小区里的老人在自觉地进行着垃圾分类时，当我们听到有些小青年（包括一些志同道合的夫妻）自愿放弃舒适的生活而到深山、荒漠去植树造林、保护野生动物的时候，当我们看到中小学生利用双休日乐此不疲地进行着各种环保宣传的时候，我们不再认为环保只是口头说说的事。

忧的是，虽然我们为环保进行着不懈的努力，但身边的垃圾数量还是在攀升，垃圾围城成为我们不得不应对的困扰。四周，不再是眼不见为净的世界。试想，如果长此以往，未来的孩子也只能吃到广告里说的那种汉堡了。必须注意的是，我们目前还缺乏有效的处理垃圾的办法，所以回收只是第一步。“丢弃的是美德，捡起的是文明”，看来，要使垃圾逐渐消失，我们需要做的不仅有环保的热情，更要在物质和科技上用行动给环保注入新动力。

“未来孩子的汉堡”这则广告，是在向我们这些普通人暗示，不要只图一时的快乐，而要着眼长远，多为我们的孩子着想。从现在起，收敛一些，投入一些，实在一些，或许我们的孩子也可以喝上我们小时候曾经喝过的带点甜的水，呼吸到像以前那样清新的滋润的空气，品尝到前辈餐桌上经常见到的绿色食品……

垃圾问题，已经现实地摆在了我们的面前。我们的孩子在茁壮成长，是在他们成人之前就行动起来解决垃圾问题，还是等他们长大以后再说，这个问题的回答说难也不难，但无论如何，我们必须正视！

因为，我们不解决垃圾，垃圾就要来解决我们。

环境教育应重在“环境中”

党的十六届三中全会提出了建设“和谐社会”的战略目标。其核心之一，就是如何处理好人与自然的关系。这也表明了，党和政府日益正视环境保护与可持续发展问题。

对于中小学环境教育，我始终有这样一个愿望——使之健康成长并尽快走向成熟。当然，我的这一愿望源自对现实的忧虑。

最近，报载广州一国家级绿色学校通过对废物的利用（主要是学校让学生将废旧报纸和废旧塑料袋等做成“时装”，然后进行表演）

宣传环保的消息（这样的报道其实屡见于报端），我觉得这与十年前学校环境教育开展之初的状况相差无几。而当我最近一年走访有关“绿色学校”，并与师生讨论，我也发现，不少学校正如火如荼开展的环境教育，似乎仍然以引导学生回收废旧电池、保洁、环境文艺宣传等为主。

笔者以为，这可能会把学校的环境教育引入一个误区，进而可能影响到中小学环境教育的深化与实效的取得。

参考当前国外环境教育的举措，我认为中小学环境教育除了要注意让学生养成废旧电池与垃圾分类回收、护绿和简单的环境监测等习惯外，更应注重引导学生到自然中去，倡导“在环境中”的教育。

目前，国外已有不少机构（志愿者）为学生提供了具有良好生态的场所，使学生对美好的自然产生崇尚感，激发学生珍爱自然、回归自然的情感与热情；相对于我们国内，他们更强调学生“在做中学环保”。比如，德国和瑞典等国家就强调学生从身边做起，但前提是对自己不构成伤害。正因为如此，那些在污染较严重地区进行污染监测的事很少有中小学生直接参与。校方一般对学校节水工作的设想与设计、校园绿化规划与建议、家庭节能、家庭科学装潢等实际工作非常鼓励，于是学生主动参与环保的热情大增。他们对经自己努力后取得的成绩，都有一种成就感与荣誉感。不仅如此，有的国家的学校和政府部门还将因为采纳学生的合理化建议而节约的费用奖励给学生及环保社团。此举对学生而言，既锻炼和培养了他们解决现实环境问题的能力，更强化了他们自身的责任意识和参与学校、家庭管理的主人翁意识。

美国教育心理学家布鲁纳指出：“我们做教师的应该十分强调主动学习，让学生亲自探索事物，让学生主动地发现而非被动地接受知识。”布鲁纳的这个思想，为我们认识环境教育必须与社会实践相结合提供了重要依据。近年来，有关中小学环境教育的国际交流活动日渐频繁。在“走出去请进来”的过程中，我们对于环境教育也有了更多新感受，但在落实方面还显得有些力不从心。所以，作为一名有着十多年环保热情的志愿者，我更希望有关部门能为学校环境教育创造更多的条件，尽快优化环境教育的环境和师资队伍，放眼长远，严格遵守学校教育“一切以学生发展为本”的宗旨，将环境教育与学生的发展和社会需要结合起来，使中小学环境教育能在比较短的时间内与国际同步，促使它早日走向成熟、成功。

环保，动口不如动手

有一句话叫做“君子动口不动手”，时下正越来越多地被一些人曲解并逐渐演绎成“经典”。

由此，关于绿化的数字游戏在大兴安岭被玩了十多年；虽然屡屡被媒体曝光，领导也频频批示，但淮河两岸的“十五小”仍在不停地向河中倾泻五颜六色的污水。

关于保护母亲河的倡议，很大程度上还只是限于签签名表表决心这样的形式。

针对我国的环境保护现状，有人曾经指出：“什么时候，影响我们的沙尘暴变少了，那么，全国的环境状况就一定是好转了。”这话有一定的道理。现在，我们一方面经常从媒体上看到“三北”防护林建设取得了如何如何的成绩，森林覆盖率如何如何有提高的新闻报道；另一方面又从媒体上不断看到沙尘暴“更早更多更强”的坏消息。诚然，有些地方为了树立良好的形象，适当地做些宣传是必要的。但是，一定要把握好“度”。因为当动口游戏的规则被“修改”后，原本“制造”的那些脱离实际的“成绩”，必然“适得其反”，最终让人难堪。

我们提倡在环保工作中“动口不如动手”，一是旨在让人们明白：环保其实是为了当代人和后代人更好地发展，最终受益的是本地区或本人；二是提倡实事求是，也只有环保人身先士卒的示范，才会燃起老百姓对环保的信心和希望，才会带动更多人更主动地热心环保公益、参与环保实践。否则，一旦老百姓戳穿了其中的把戏，政府的口号只能成为世人茶余饭后的笑柄罢了。

强调在环保工作中“动口不如动手”，并不是否定目前有关方面已做的工作和已取得的成绩，而是对大家进行一个善意的提醒。同样，强调“动口不如动手”，并非局限于环保领域，而是适用于任何领域任何人，这亦是一条放之四海而皆准的真理。

以实干为本

最近，有幸参加某区环境保护工作年会。也许是太“环保”的原因，笔者心中犹如打翻了“五味瓶”，感到不是滋味。

参加此次会议的，有区领导，环保局一、二把手和各局、委、办负责人，还有企业老总们，称得上是一次环保盛会。会上，区长先作重要指示，而后各局、委、办负责人分别作了工作汇报，一些企业负责人则把重点放在本企业在改善环境质量、治理“四废”工作中所取得的成绩上。他们口若悬河，滔滔不绝，说某某项目的治理、某某工程的上马花费多少多少，一清二楚。这本无可非议，然而谈到现存的环境污染问题时，却“淡扫蛾眉浅梳妆”，甚至只字不提。

更让人大惑不解的是，一位“污染大户”的老总在近十分钟的汇报中，竟把企业的环境描述成花园工厂一般，令许多不知底细者误以为是治污先进的经验交流。最后，会议在环保局一把手的总结中结束。但这份“犹抱琵琶半遮面”式的总结，让许多环保行家听了颇觉不满，觉得“水分不少”。

由此，我想到了陆文夫的话：“作家应该少说多写，以作为本。”这里不妨套用：“环保”人，当以实干为本，少说多做。

少说多做，以干为本。诚哉斯言！

身为“环保人”，无论是决策者还是执行者，自然应该“少说多做，以干为本”。然而，时下有一些“环保人”，正“背道而驰”，成了“少做多说，以说为本”的行家。政绩平平的要说，明明工作没有做好的也要说。某项目不知猴年马月才能完工，就已经被宣传得沸沸扬扬了。甚至根本没有做过什么事，三四个人聚一优雅之处，吞云吐雾一番之后，玩个“数字游戏”，也就“戏说”成了一份报告。有的索性“弃干从说”，一味热衷于在媒体面前“曝光”，醉心于成为环保先锋。可是，这种“以说为本”的“环保人”，在意气风发、春风得意一番后，是否想过，他们为后人到底留下了点什么？也许，若干年以后，留下的只是他们浮躁的心态、虚假的面孔和让人物议的话柄。

只有“以实干为本”，才真正担当得起“环保卫士”这一称号。提倡“以实干为本”，才能使本已污浊不堪的空气、水流旧貌换新颜，才能杜绝屡禁不止的“十五小”死灰复燃，才能实现我们期盼已久的那种“山青、水绿、天蓝”，“鸟语花香、天人合一”的美好意境，才能尽早实现可持续发展的战略目标，才能使我们守住一份对生活、对人不变的体贴之情。

以实干为本，实际上也是一个“环保人”对事业、对人生、对社会应持有的正确态度。

环保决定乌纱帽，好

据近日报载，领导的“乌纱帽”能否戴稳，将与其管辖区域内的环保是否达标挂钩。这出自北京市环保局协同监察局联合下达的一个《暂行规定》。读罢倍觉欣喜，因为这一“领导不环保，摘掉乌纱帽”的明文规定，无疑有助于把环保目标责任制落到实处，继而推进北京的可持续发展。

笔者在为北京市此举喝彩的同时，更希望它能在全国范围内推广。因为只有动了真格，才能让久违的蓝天、碧水、清新早日回归！

据笔者了解，最近一段时间，环境问题在局部地区较前两年有所反弹，这是一个值得注意的坏消息。有媒体报道：沿淮河两侧的昔日被关停取缔的“十五小”企业死灰复燃，污染企业我行我素，整治不彻底、整改不到位等问题时有发生。而笔者在7月下旬考察太湖时也发现了持续有相当一段时间的大面积绿藻，沿湖不时可以发现漂着的死鱼。可见，太湖污染的治理仍然不容乐观。而在此前的1998、1999年，当地政府和国家为治理太湖，已先后投下了数十亿人民币。为何污染反弹如此迅速？为何这些企业明知违法却敢公然胡作非为？从媒体披露不难看出，凡是污染严重、生态退化、治理乏力的地方，必定与某些领导干部的地方保护和职能部门的检查监督不到位有关。

在今天，少有官员否认环保的重要性。然而，或受经济利益驱动，或有“软档”受制于人，在某些“公仆”眼里，环保往往是“说起来重要，做起来不要”的“摆设”。于是，在他们管辖的区域内，环保问题频发，环保法律法规形同虚设。所有这些，有时又可笑地成为他们“发展经济”的政绩。

老百姓对环保国策的理解可能没有“公仆”全面，但若各地政府要员和环保部门都能予以重视，加强对环保的管理和执法，百姓一定愿意牺牲些眼前利益，顾及环保带来的长远利益的。若一味地对环保问题睁一只眼闭一只眼，甚至搞形式主义，疏于长效管理，那么，久而久之，老百姓将失去对环保的正确态度与信心，这将有碍于我国可持续发展目标的最终实现。

对环保有为才有位，将环保与乌纱帽联系起来，这样，各地的环保事业必能蒸蒸日上。

可贵的自我突破

环境保护，重在抓落实、谋突破。相关部门要在思想上自我加压，更要在行动上勇于担当。寻求自我突破是一种态度、一种精神、一种劲头。

据《中国环境报》报道，北京市丰台区政府在编制 1998 年“国民经济和社会发展计划”时，将环保工作纳入五大指标体系（国民生产总值、财政收入、固定资产投资、环境保护、人口出生率）之一进行考核。

此举在环保意识尚不够强的国内，足以引起思考和反响。

众所周知，环境保护是我国的三大国策之一，理应纳入各级政府部门的综合考核指标之列。但时下许多地方在实施经济发展战略目标时，发现环保与发展的矛盾日渐突出。于是，一些决策者认为，有经济效益就能一俊遮百丑，就像用脏饭碗吃饭总比没饭碗强一样。正是这种认识上的误区，导致了盲目与短视的行为时有发生，环保由此成了可有可无的“摆设”，其活力锐减。现在，丰台区政府将环保公开纳入五大考核指标体系，无疑给许多只顾眼前利益而患有环保“近视”的人们上了最生动最形象的一课，表现了丰台区领导自我突破的可贵精神。

自我突破精神之所以可贵，是因为它符合唯物辩证法，符合实事求是的原则。而今，经济发展了，老百姓的生活水平提高了，自然会加大对环境质量的关注力度，对环保的要求自然也须提上议事日程。这样的追求完善、自我突破，实在是当前深化改革，实现“可持续发展”战略的需要。

深化改革，走可持续发展之路，需要自我突破。但是，自我突破很难。自我突破不是奉命突破，不是按“红头文件”规定突破，而是以发展经济、改善环境为标准，自觉地否定旧的，创立新的。没有一点勇气，没有一定的闯劲，是下不了这个决心的。

将环保工作纳入各级政府部门的考核指标，实践将证明它是实现可持续发展战略的一条必经之路。谁敢为天下先，谁就会先尝得其中的甜头。这一点，许多人自然比丰台人更明白。不过，这需要有一点自我突破的勇气。

笔者愿在实施可持续发展的路上，能涌现更多的类似丰台区政府在环保上敢于自我突破的“开路先锋”。

莫让环保听证走形式

随着开放力度的加大，听证制度作为体现工作的社会性、群众性的方式之一，逐渐成为风气。一时间，铁路和民航调价要听证，重大工程上马要听证……如今，环保听证也热了起来。这不，前些日子一件沸沸扬扬的事就是各地因为要调整水价，而在大开特开听证会。虽然老百姓对水价的调整意见不一，也提出了诸如“提价就能扭亏吗”等疑问，但涨价似乎不可扭转，结论最终也都是“涨”字。认真留意一下，凡是听证诸事，其结果几乎都一样——工程上马或涨价成功。这难免给老百姓这样的感觉：听证还是一个形式而已。

实际上，近年来，政府或相关部门在亲民化方面，确实做了大量的实事，也让老百姓得到了众多实惠。但有些举措似乎形式化了些，到头来可能落下无人喝彩的尴尬局面。

环保本身是功在当代，利在千秋的好事。就拿我国来说，虽然国家经济力量有限，但这几年在环保领域的投入和决心有目共睹。就拿与我们生活最密切的水资源来说，从量的约束到质的要求，涨价也无可非议。但一定要与听证联系在一起，倒没有必要了。

我这样说，并非说没有必要搞环保听证，而是说要注意避免让人们以为这是在走形式。环保听证好处多多，比如，能在社会上产生强烈的共鸣，为创新环境保护理念、制度、机制提供一个新视角。成功的环保听证，可使人们更清楚地看到环保的艰巨性和复杂性，可以为社会公众提供一个反思自身环境行为、增强环境意识的机会和参与环保的平台，加深百姓在保护环境中的义务和作用的认识，促使人们从改善自己的生活方式、参与环境监督、直接从事环保活动入手，为改善环境质量作贡献。

推行环境听证制度，也是公众参与环保的重要途径。我认为，环保听证不能局限于调水价等浅层领域，而应逐步深入到有关环保的方方面面。各部门和单位都有必要公开自己的环境行为，主动邀请公众参与包括环境影响评价、区域可持续发展等在内的各类听证会，使听证会发挥更大的作用。

总之，环保听证就其本身而言，肯定是件好事。但好事要避免做坏，否则就是吃力不讨好。

Chapter 3 第三辑

亲情和友情

莲子绿豆汤

小时候，最温馨的幸福时光，大概就是七八岁左右。那时的上海农村，盛夏的午后两三点钟，大人们一般都聚在一起乘凉说笑，我总是依傍在门口，一只手拿着一只大花碗，另外一只手汗津津地捏着两枚 5 分硬币，等待着上门卖莲子绿豆汤的老伯的到来。终于等到了，老远就可以看见矮胖身材的老伯缓缓地走来，脖子上挂着一条白白的毛巾。即使不看，仅听那半唱半叫声，我就知道是他来了。老伯厚厚的肩头上放着粗粗的扁担，扁担的两头晃着两只铮亮的金属桶。桶里装的，当然就是我梦寐以求的莲子绿豆汤了。

等不及老伯走到我家门口，我便飞奔过去，把钱递给了老伯。用脆生生的童音告诉他自己要买多少。那时候，莲子绿豆汤通常一小碗 5 分钱。而一小碗，自然是以老伯自备的碗作为标准的。老伯接过钱，打开罩在金属桶上的白纱布，散发着淡雅桂花香的莲子绿豆汤便呈现在我的面前，我不自觉地往下咽着口水。老伯拿着一个勺子，先把桶里的莲子绿豆汤搅和几下，然后熟练地舀起一勺，倒入自己的小碗中。一般一勺多一点就可以平上一小碗，然后倒入我端的大碗中。他一边倒一边不停地提醒我碗要拿稳当。我自然十分小心地端着碗，生怕莲子绿豆汤泼了出去。老伯在舀第二小碗的时候，我在精神上已经开始享用这大碗里的“文明”了。而老伯在倒第二碗的时候，更是小心，生怕影响了我专注于莲子绿豆汤世界的那份执着。

终于，把心仪已久的莲子绿豆汤买回了家。我欢天喜地，小心翼翼地把碗摆放在桌上，敲着碗，如过节一般。明知妈妈会省着给我吃，我还是恭敬地给妈妈倒出一小碗。然后，急切地舀了一勺放入口中。虽然莲子绿豆汤一下子就溜到了我的肚子里，但是清甜香醇的滋味，却久久留在了口中。我立时觉得两颊芬芳，暑渴顿消。坐在墙的一隅纳鞋底的母亲，偶尔看一眼写满幸福的我，笑而不语。这淡然的笑，充满了温暖。

时光飞逝，转眼过去了几十年。现在，再也没有人做好莲子绿豆汤担着抬着上街叫卖了。倒是有开了小店的，招牌食品就是莲子绿豆汤，也有食品厂加工包装好在超市出售的。我也买过这种保质期长达30天的莲子绿豆汤，但总觉没有过去的可口、香醇，对它的留恋一天不如一天。

有一次，母亲在我六岁的儿子面前说起我小时候对莲子绿豆汤的酷爱，儿子不屑一顾。是的，我知道儿子是不明白我的感受的，因为他现在的处境相对优越。吃惯了肯德基、卡布基诺的人，别指望他会留恋弄堂深处的莲子绿豆汤。今夜，回想孩童时代的故事，我当然知道，这一切不会重新再来。不过，虽然年华如水逝去，但纯真的感觉永存心间。

妈妈的自留地

1990年代之前，在金山农村，各家都会有一定数量的自留地。而自留地就是自己的“一亩三分地”，它让我真正感受着当时丰收的喜悦和生活的甜蜜。

那是高中的一个暑期。一天，舅舅不期而至。按照习俗，是一定要留舅舅吃饭的。但是父母外出，只能由我招待。身无分文的我，自然不能上街去买熟菜。于是，我想到了自留地。奉上粗茶，请舅舅稍坐，我便朝自留地奔去。虽然是8月，但自留地在母亲的“科学”管理下，倒是姹紫嫣红、生机盎然的。不足三百平方米的园子，俨然已经是果实累累。来不及欣赏母亲的“杰作”，我匆忙采摘了一些番茄、豇豆、茄子、毛豆、冬瓜、丝瓜和甜瓜，随即赶紧回家。凭借从小习得的烹调功夫，利用油、盐、酱、醋、糖、蒜、姜、葱、五香粉、鸡蛋等做辅料，在不到一个小时的时间里，我居然给舅舅端出了糖醋黄瓜、鱼香茄子、丝瓜毛豆子、酱豇豆、蚝油冬瓜和番茄蛋羹这五菜一汤，外加甜瓜一道作为水果。和舅舅一起享用这桌色香味俱佳的蔬菜宴时，不时听到舅舅对我手艺的赞许。我喜悦之情难以言表，心里感谢妈妈，感谢她的自留地。因为我知道，如果没有妈妈的自留地，我纵然是巧妇，也是难为无米之炊的。舅舅临别时，还不忘幽我一默，说：“我今天可是享受了比领导干部（四菜一汤）还高的待遇呢！”我被逗得高兴的同时也有些许内疚。因为若非条件限制，我也不会出此下策，用这些素菜招待难得到来的舅舅的。

后来，日子越来越好了，但妈妈始终坚持经营着自己的“一亩三分地”。自从我大学毕业留在市区工作，妈妈每次来的时候，总会带上一些自留地产的果蔬，说这些东西虽然不值几个钱，却是绿色无污染的。每次吃着妈妈自留地的菜，我总觉得味道大不一样，妈妈也颇感高兴。

如今，因为上海化学工业区建设的需要，老家的地全被征作居民生活之用，妈妈成了“无地”的农民，这不能不说是个遗憾。虽然国家给了补贴，但妈妈还是想拥有一块自留地。我呢，心里也难舍一份眷恋。毕竟，妈妈的自留地给过我许多美好的回忆。它像一道永远的风景，铭记在我心里。

从妈妈也“环保”说起

岁末回金山老家过年，一件新鲜事令我这个所谓的“环保人”震惊不小，再次激起我提笔的欲望。

这次回家，我突然发现家门口新置了两只塑料桶，一只是红色已坏的提水桶，另一只为白色涂料桶。纳闷之余驻足近瞧，发现那是一只垃圾桶。白桶里盛有菜叶、鱼肉骨头等，红桶内则有几个可乐瓶、几节电池、几只塑料马夹袋等。此时，我终于明白了，原来家里人也在学着搞环保。虽然此种分类不能与国外媒体推崇的垃圾分类相提并论，但至少也表明家人有心系环保的可贵精神。

用毕晚餐，一家子围桌而坐，话题潮水般涌来，谈得甚是投入。当然，最后也扯到了门口两个垃圾桶的问题。当我问及这是谁的主意时，爸爸直截了当地回答：“是你妈。心血来潮而已。”我刨根问底，转向刚忙碌完家务的母亲：“妈，您怎么也‘环保’了？”妈的回答简单而意味深长：“有你这个‘环保’儿子，为母的总不能丢你这个市先进的脸吧！妈别的做不了，但家里环境卫生工作我是可以做一点的。听你以前讲起过什么垃圾分类，现在我就试着从它做起。”是啊，母亲以家庭垃圾分类处理作为切入点，这种做法实在是恰当而可行。听罢，我不禁对母亲感佩之至。

的确，我们这些所谓的“环保人”，在环境保护宣传教育方面以及公共环保方面是做了些有益的工作。我们不计报酬，为环保事业劳碌奔走的热忱，也值得褒扬。但是，我们却恰恰忽视了一个最直接也是最老大难的环保问题，就是家庭环保。而今，母亲却不动声色地做到了这一点。“美丽新环境源于心，垃圾不落地践于行。”虽说母亲的此举短时间内在家乡尚不能普及，但我还是看到了家乡、上海乃至全国环保的希望。

据笔者当时所作的“家庭环保状况抽样调查”统计，上海市区实行“垃圾袋袋化、分类化”的家庭约占35%—42%，而市郊农村则不足10%。如今，身为农村家庭主妇的母亲却一下子来了个三级跳，变先前“自由式倾倒”为“分类处理”，其进步不只是简单的形式上的变化，而且是观念上的巨大转变。上海要实现市政府提出的“在21世纪初建设成为生态型城市”的目标，任重道远，其中一难便是努力增强公众的家庭环保意识。唯有如此，我们才不至于因环保而被一票否决。所以，母亲那种“先己后人”的环保表率行动，自然是值得称道的。

环境是维系着每一位“地球村”“村民”生活生存质量的重要内容，环境保护更是我们大家的事情。但是，要做好这件大家的事，首先必须严以律己，从根本上杜绝“小家”之污染隐患。因此，环保从“小家”做起，不失为一件一劳永逸、事半功倍的善举。

行文至此，套用某广告语作为结束：“愿家庭环保，十个母亲八个爱！”

最好的菜在锅里

有时候，婚姻就如同“新奇士”甜橙，无论你剥开哪一瓣都是甜的，比如下面的趣事。

自打爱情即将由“葡萄美酒夜光杯”阶段升华至“柴米油盐酱醋茶”阶段，我便有了一个“罪恶”的念头：必须尽快教会老婆炒菜。

然而，这个如意算盘一直停留在我美丽的想象中。一晃结婚已有一年有余，这“教妻炒菜”的非分之想也在肚里压了一年。所幸的是，本人从小在学校接受了老师教授的勤劳美德，在家中备受父母忙于生计的煎熬，很小就学会了煮饭炒菜，煎炸蒸煮门门不赖，刀铲勺筛样样精通。所以，自诩为三级厨师的我，从没让小娇妻吃上一顿“夹生饭”。妻吃我做的菜是极其认真的，就是改不掉挑肥拣瘦、嫌淡吼咸的习惯。有时候，我真想说：夫人，你可知炒菜的艰辛，可体会这其中一把火一铲热油包含了多少爱心啊！

近来，渴望能有一双温暖的小手来帮助扶一扶肩上担子的念头愈来愈强烈，以至于十几天我总像苦孩子似的唉声叹气。有一天，妻被叹急了，追问了半天，我才支支吾吾把“阴谋”七转八弯地抖出来。妻听罢，眉一弯，眼角笑成豆荚模样，说道：“你想让我学炒菜，先买二十瓶‘痢特灵’预备着吧！”接着，便像孟母教子一般，掰着指头列举她姐们儿的丈夫如何如何内外一把抓，里外一把手。我听了，觉得纳闷：怎么她的姐们儿个个幸运，难道妇女已“解放”到如此地步？我无言以对。

忽一日，我冷不丁回家（当时我每周回老家一次）。刚到门口，便闻到了一股菜香味，觉得奇怪，莫非有客人在帮忙烧菜？我轻轻推门而入，但见妻正拴着从娘家带来的围裙在锅边忙活，一手拿着菜谱，一手操着铲子，聚精会神地“工作着”。看她投入的模样，我真不愿打扰她的情绪。待走到身边时，还是吓了她一跳。她一见是我，脸顿时绯红，不好意思地笑了，锅里正煮着盐水卤虾。我乐颠了，高兴地拥抱着她，相视而立，眼睛里充满了赞美之词，最后深吻了妻。随后，我看着妻用沾满油腻的白嫩小手，好不容易将盐水虾装上盘，端上桌。虽说妻的盐水虾味道不算上佳，但作为“实习菜”，我还是心甘情愿地给了她一个高分。别说，这一餐，我吃得最饱。因为除了食欲大增外，重要的是我尝到了前所未有的心情快餐。为此，我开玩笑道：“如果能经常吃到你掌勺的饭菜，那么，我的体重很快能达标！”不用说，我们有着同样的惬意。

事后，我才从父母的口中得知，妻对着菜谱已经学了几天炒菜了，有几次还不小心沾上了热油呢！我真心疼。虽然说，对着菜谱烧不出可口的佳肴，但我敢说，妻在锅里炒的就是最好的菜！

关于起名

原本以为姓名只是个人的代号，所以并没有什么特别的研究。等到要给自己的孩子取名时，想不到陷入了尴尬，就好像硬要运动员当教练，并且一定要出成绩。有一段时间，我整日地苦思冥想，翻大辞典，找小字典。那认真的模样，不亚于当年的高考复习。可是，五万个中国字最终也找不出适合用到孩子名儿上的。不得已，我想到了好友黄兄，一个对国学颇有见地的语文教师。黄兄受命于危难之时，对好友的重托慷慨应允。他认为：给孩子取的名字，应体现并传承人的情、意、志，应蕴含人的精、气、神。不日就将小儿的名字给起好——杨明辉，乃取意于古诗：“春水满四泽，夏云多奇峰，秋月扬明辉，冬夜秀劲松。”我一听很是高兴，一则此名暗喻“世纪末光辉”的内涵，有期盼儿子成才之意；二则也可提高我这“半个知识分子”的层次。可是，待与妻子商量时，她却不同意。她说，只生一个，还是我们自己给孩子起名吧！

于是，我和夫人相约在周末将各自的起名方案公布，作最后定夺。周末，我们如期拿出各自准备的方案。当时，我正在查阅有关包公的资料。据传，包公是“紫微星下凡”的真人。我灵机一动，决定给儿子取名为杨子微。子微者，“紫薇星”之谐音也。子者，鼠也；微者，冬至微寒之时生。又隐含希望儿子不要有任何特殊感，勉励其自小立志，自立自主之意，可谓一名多义。夫人先是点头称是，继而嘴角一歪，眉头一皱，给我出了一道难题：小孩子的名儿，父母双方都得带上。如今男女平等了，不是吗？妻的意思是，给小儿起名杨盛（夫人姓盛，含“阳盛阴衰”之意）。可是，寓意未免太露。我沉吟片刻，计上心来，说：“不妨叫杨成皿吧，成名成大器，又叫得响。杨盛用普通话是很叫得响的，但若用上海话说则成了‘羊绳’‘羊肠’，这不是给别人取笑孩子提供了现成的外号吗？而此名又含儿子成长道路受制于人或艰难的意思，不妥。”妻听罢，觉得也是。但是，她好像是有准备的，明确地说：“我们的孩子，今后要到北京上大学、工作，甚至出国，不存在用沪语的问题。这样吧，孩子取名杨盛，为照顾到你对起名问题的付出和贡献，我提议用‘成皿’为小名，‘子微’为字，不就成了嘛！”我自知这不是起名，而是搞平衡。于是，也就这样定了下来。

事实上，姓名作为个人的符号，取什么样的名字，并不由姓名者本人决定。所以只要坐不改姓，名字问题其实并不是什么原则问题。既然不是原则问题，如果能平衡，也可以说是件好事。

拒绝玩具

快要做父亲了，自然是一件大乐事。元旦前的双休日，陪大腹便便的夫人上街，为的是替不久即将面世的婴孩准备些玩具。婴儿尚未出世，便急着去觅些玩具，也算是一种“超前”吧。

很久以来，玩具一直是儿童的天使。小时候手里经常捧着玩具的情形至今记忆犹新，那些带有很浓的民俗气息的布老虎、纸风筝或者捏面人、木头手枪等，给我们的童年带来的快乐是那么经久难忘。记得有一次，我偷偷地用一件贵重物品（一支钢笔）去换回小朋友手里的木头手枪，为此遭到母亲严厉“制裁”。可是，当晚上躺在小床上偷偷地玩弄木头手枪时，感觉自己就是这个世界上最快活的人，身上的苦痛顿感消失殆尽。我用我的“傻”换回了快乐，找到了“童真”。

一直以来，小孩子的世界，是由玩具做天空，游戏当法则的。时代的发展，促进了玩具市场的革命。那种以现代玩具来取代各民族的传统玩具，以冷漠的材料、机械的振作和功能的运动来取代亲和的材料、精心的制作和天真的参与的做法，一方面令玩具市场琳琅满目，眼花缭乱，另一方面也正逐步使现在的孩子失去快乐。无疑，如果从绝对拥有量而言，恐怕现在的孩子是最幸福的。但是，这种幸福的背后却隐含着至深的不幸。因为这些“天使”产生于大工业的流水线，品质划一而缺乏个性。拥有它们，占据它们，往往成为孩子们的基本动机，而不是因为他们的自身需要——在这各种各样的玩具世界里，他们尚不明确自己需要什么。而玩具商则通过媒体可以给他们不断地创造“需求”，占据他们幼小的心灵。于是，当大人们发疯似的花巨额金钱收藏名家字画和人类创造的各种珍品时，孩子们却发疯似的花大人的钱去获得那些冷漠而单调的商品。这与其说是一种进步，还不如说是一种倒退，足以令人担心发怵！

妻在逛了一圈后，似乎意识到了这种潜在的危险和信号。她拉住我准备掏钱的手，说：“还是算了吧！我不希望我们孩子的心灵在玩具商的指挥下跳动，随奥特曼、机器猫摇摆！”我知道妻是认真的，所以及时而恰当地收回了手，心里反倒觉得轻松了许多。

因为玩具，我们正在失去自己的孩子。拒绝玩具，我们不该失去自己的孩子！

儿子的思维

最近发生的一件事，使我彻底改变了对儿子的看法。

6月，由于自己下班后还要在家加班干公事，所以三岁半的儿子一直由妻照看。有一天，正好妻不在家，儿子便吵着要我陪他一起玩。我不想停下手头的工作，正好看到饭桌上有一本打开的杂志，在翻开的那页上有张世界地图，便把有世界地图的那页撕成十个碎片，交给儿子说：“杨盛，你去把这张地图给拼起来，拼对的话，我就和你一起玩。”做父亲的这一招，本来只是缓兵之计，因为我知道还没有跨进幼儿园门槛的儿子，是不可能明白世界地图是怎么回事的。但儿子还是十分高兴地领受了这个任务，去自己的小房间“工作”。过了不久，儿子过来了，他居然用透明胶把这张破碎的世界地图拼合起来了！我非常吃惊，更不明白儿子怎么会有如此高超的水平。我认真地问儿子：“你是怎么把它拼出来的？”儿子把它翻了过来，原来地图的反面是一个人像！我惊讶于儿子的思维：他眼中看到的是反面的人像而非正面的世界地图。当他把人像拼完整后，世界地图的问题也就解决了。

世界上的问题，其实说白了都是人与人之间的问题。只要人和人的关系搞好了，其他问题便可迎刃而解。

在我们这些成人眼里，许多道理，也许要自己去碰得头破血流才会明白；而孩子，却永远只用一颗快乐的赤诚之心对待世间万象。所谓赤子之心，就是在回家时能喝上一瓶冰红茶就很开心，和同伴们一起玩捉迷藏游戏就很得意；赤子之心，就是手里拿着刚刚灌满水的水枪，和父母说说笑笑去肯德基吃香辣鸡翅；赤子之心，就是不在乎父母接他的时候是骑自行车还是开小汽车，家里住着多少平方米的房子；赤子之心，就是虽然被父亲敷衍让拼世界地图，但还是认真去做，结果通过背面的人像把地图拼出来时的高兴样。

所以，有时候，我真希望儿子永远不要长大，远离复杂世故的成人世界。但是，这是不可能的。笨蛋（比如我们这些成年人）以为快乐要走遍天涯海角方可以寻求，而聪明人（像我儿子现在这个年龄段的孩子）却把快乐的种子埋在自己的脚下，需要的时候，随时享用。

想要的不多

记忆里有一则笑话，说的是国外一个一无所有的穷人被问及，如果有一天他成了大富翁，要做的第一件事是什么。穷人想了很久，说他要把天下最好吃的食物吃个饱尝个够。当有人说天下最好的食物太多，并问他最想要哪一种时，他一脸幸福地道出答案：土豆加牛肉。

第一次听到这个笑话时，我还很小，笑了好一阵，这笑里包含了自视聪明的意味。然而，再面对这个把人生希望建立在“土豆加牛肉”基础上的穷人，我却不能轻蔑一笑。每个人的希望永远只是自己的希望，这希望在别人眼里或许根本不该是一个笑话。

记得，儿子临近四周岁生日，在幼儿园的表现还算出色，为父的我自然想奖励他一番。那天，我认真地问道：“杨盛，你生日的那天，最想要什么？”“吃肯德基！”“肯德基你不是经常吃吗？再想一想，最需要什么？”“肯德基玩具！”原来，儿子喜欢吃肯德基是别有用意的。在吃惊于肯德基在孩子心目中的牢固印象的同时，我想的第一件事便是一定在儿子生日那天实现他的这个“可笑”的心愿，然后再反思一下，能否用“肯德基式”的办法对儿子进行各种可行的教育。

因为我和父母分别居住在上海的南北两端，所以，在上班的日子，我难得回父母住处团聚，双休日也很难成行。有时候想起来打个电话，总是为了处理一些事情，而且总是自己说为主，父母在电话的另一端成为听众。一次，我要挂电话的时候，父亲在电话里说道：“士军，以后还是抽空多回来看看我们。”听罢，我觉得脸红了许多。是的，所谓忙只不过是自己心浮气躁的借口而已。我有什么理由不回家呢？

我认真地答应了父亲这个很正常的要求，还答应回家帮母亲干点家务，尽一份儿子的孝心。

有朋友自商海上岸稍息，邀我于四平路“小四川”对酌。酒过三巡，我问他现在最想干什么。他说：“最好是彻底休整几天，放松一下紧张的神经。”我于是给他说了那个穷人的故事，我们同时笑了出来，但随即又止住了。我们仿佛看到了各自的悲哀，因为一不小心，我们都扮演了“土豆加牛肉”的穷人角色。

茫茫人海，芸芸众生，许多都市人为了赶上这快捷的生活节奏，不得不牺牲许多曾经被人认为可笑的不屑一顾的想法。其实，就是这些可笑的不屑一顾的东西构成了生活的基本内容。但愿我们能在紧张的工作之余，给自己一些“开小差”的机会。比方说，去会会朋友，聊聊家常，踩踩青草，听听音乐。也希望诸位以后听到这则笑话时不再是傻笑，因为很多人其实想要的不多。

寻开心的儿子

记得那是在1997年的仲夏时节，我终于意识到儿子开始对我有意见了。这一偶然的发现，源于我一次不经意间的回首。这一回首便迫使我急切地放下“工作”，关注这“颇有心计”的可爱的“小精灵”。

那一日，正逢周末。趁着儿子睡觉的时候，我埋首于手头刚借来的书，犹如沿着一条悠长的路，怀着梦想和憧憬，执着地边走边欣赏风景。突然，传来轻轻的“啊啊”两声，紧接着又是“咯咯”两声。这引起了我的注意。我朝着声音传来的方向望去，正好与儿子的视线相遇。但见他正跟我挤眼，那顽皮的劲儿，滑稽得乐死人。我顿时想到了诗人陆培的话：“最难表达的显然不必表达。”父与子的默契，令彼此的距离是如此贴近。儿子手舞足蹈，胜似闲庭信步，我知道那是他万般欢快发自童心的开心。由此，我本能地意识到，儿子朝我“咯咯”地笑，大概是许久以前便发生的事了。只是，这一亲情的体现与回报，恰恰在我专心阅读、看电视、和朋友聊天的时候，被忽略了、错过了。原来，我那不足半岁的小儿，会不住地对我挤眉弄眼，就像今天一样。我庆幸，从此世界上又多了一个“牵挂”我的人、“关心”我的人。同时，我为以前对儿子的漫不经心深感自责、歉疚。

小儿的开心是寻来的，他使我感到亲情的动人之处。一般的人显然无法用想象来判断它的价值。只有初为人父，用心去解读它，才会被它吸引，从而实实在在地体味出它的内涵，领悟到它的价值。生活，就像置身于一片洒满珠宝的荒原，大家都在寻找闪烁的宝石。但是，我们这些成人，在大部分时间里，都只注意到孤烟蔓草。我们缺乏的就是没正经地寻开心，否则，生活准会变成另一番模样的。

助孩子成为悦读者

题记：阅读使人不断通过与名人的对话反思自己，从而坚定自己内心世界的追求。

在国内，一般大人们聚会时，少不了要谈及孩子的教育培养问题。我的孩子就读初三，正值风华正茂年岁，在人文积累方面，小荷已露尖尖角。令我们骄傲的是，在他成长路上，家庭环境的熏陶助他成为爱读书之人，使他愉快地畅游于书海。

我们没有把孩子送进过补习班，也未曾给他请家教。我和夫人的观点是：孩子要想出类拔萃，主要靠自己博览群书、集腋成裘。关于阅读，除书的内容、质量我们会适当把关外，其他基本无限制。

记得那时孩子还未入幼儿园，我和夫人常带他到上海书城泡书店，让他浸润于书香世界。每每回来时必定是带着一大手袋的书籍上14路电车的。

上海之夏高温闷热，那时家中尚未安装空调，暑期中，我总是带着儿子在复旦图书馆里阅览。在凉爽清新的图书馆里，我和夫人阅览备课，孩子则安安静静地做功课。待他完成了功课，便会加入我们的“阅读小组”，四处选择他钟爱的图书。

此读书之举一直持续到暑假结束，孩子从中受益匪浅。那年，学校曾举办过一次阅读征文活动，孩子的读书心得有幸在校报上发表，还被奖励了一份小纪念品作为鼓励。赢得了奖励的孩子，读书愈加发奋，接下来的一年他读完了上百本书籍！

进入预备班后，孩子甚幸，遇到了贵人，因为校长亲自给他们这个年级的学生上阅读课。这是复旦二附中的特色，目的是为孩子们自主阅读奠基。孩子好读书，加上校长注重对他自觉读书意识的引导，促进了他在课余时间认真阅读，他的读书笔记写得也像模像样。据我所知，他几乎每周都坚持写读书笔记或读书心得。由此，他在初一年级大会上还受到过校长表扬并获得奖励证书。一次班会上，班级的墙壁上有一半张贴着他的作品。我想，这是他感到非常自豪的时刻。因为，这是他自己通过努力获得的成功和表彰。而在那次班会课之后，热爱阅读的习惯也在儿子身上扎下了根。

我们发现，孩子极为珍惜通过自己努力赢得的一切荣誉。你若白送给他，他定会不屑一顾——这应该是天性使然吧。

阅读使人不断通过与名人的对话反思自己，从而坚定自己内心世界的追求。儿子在初二、初三功课紧张的日子，还是坚持阅读。他也很关注时政、军事、科学和技术等。在学校，他博览群书、敏于思考、提问深刻，算是小有名气。我坚信，会读书一定使他更趋理性与成熟。

孩子上了初中后，给自己订了两种报刊——《新发现》和《南方周末》。这两种报刊一直订阅到现在，带给他诸多有益的影响。一次，我们到朋友所在的河南省旅游，来到七大古都之一的安阳。面对导游对于安阳殷墟的讲解及许多即兴问题，孩子对答如流，这其中还包括一些我们感觉怪异的问题。回程途中，朋友惊讶于他是从哪里获得的这些知识，孩子轻松一笑道："从我订阅的杂志和历史书籍里看来的。"

看来，我们全家酷爱泡书城、在图书馆避暑看书之举也许是歪打正着，因为这成全了孩子自由阅读学习的机缘。而初中校长引导学生广泛阅读，又善于激励孩子的做法，更激发和成就了孩子自主阅读的欲望。

人生，不是所有的路都是坦途。而对于善于阅读的孩子，至少在未来生活中又会多出一份精彩！

身边的乐事

一只、两只、三只……一共八十二只辣椒，这是今年我家窗台上的重大收获之一。别说“椒果累累”可基本满足小家调味的需要，单说那些红红火火的辣椒点缀于枝杈间，在健硕的绿叶映衬下，也给那本显枯燥的窗台一角增添了生机。

想想五月份，阳台一角的花盆中突然长出一堆小苗，当时还真不知道是啥品种。随着时间的推移，一周以后，我们才认出了原来是辣椒苗。由此，自然联想到我们去年岁尾曾将一长串辣椒挂于窗台之事。想必是其中一只掉到了花盆里，在春风雨露的滋润下，辣椒籽才有机会萌芽成长。

辣椒苗萌芽后，长了些日子，就长到了差不多食指高。于是，我趁着周末，把十几棵幼苗分栽到堆了点肥的数个盆中，使得这些小家伙的“居住环境”得到了明显改善。之后，又浇水浸湿那些盆里的土面，直到淹透辣椒秧的“家”。一切妥当后，我和儿子把花盆抬放到阳台外的露天铁栅栏窗台上，好叫它们适应春意融融的天气，接受春雨浸润的洗礼。不几日，就见那些幼小的秧苗一改先前蔫头耷脑的模样，个个精神抖擞，挺直了腰板，绿莹莹地活过来了！

之后，我看着那日长夜大的辣椒苗，心里美极了！心想，花盆里种下的哪是辣椒，简直就是希望！从此，精心观察、细心照料，便成了我和儿子每天的必修课。三天一浇水，五天一松土，看到小辣椒终于从少年长成了青年，我们父子还真是乐开了怀。

盛夏的那几日，第一批花终于绽放。那些小白花，在翠绿的叶片中是那么醒目。但没过几天，大风来袭，花儿全数罹难，静静凋谢于表土中。看来是它们运气不佳，也可能是我们经验不足。痛惜之余，我们边查资料边用行动来为接下来辣椒花的再次绽放做准备。比如，在钾肥和磷肥方面注意施用的频率和火候，在浇水方面注意“因株而异”。辛苦了一周以后，又见花儿朵朵。这次的花儿，在数量和质量上，都比第一次更优。于是，我们用心伺候，唯恐犯同样的错。再过去一周，只见花儿谢了，毛豆般的小辣椒出现了。一家人为此甚是高兴。记得那几天，我们总是到阳台上关注它们的成长情况。但新鲜劲过去后，我们也便作视而不见状了。再过了十来天，小辣椒长成了大家伙，看上去雄赳赳气昂昂的。我们用相机记录了这段收获时期，也记录了一家人劳动的成果。教师节那天，辣椒还未完全成熟，但已在烧鱼炒菜时派上了用场。那些最新鲜无公害的绿色健康辣椒，不仅丰富了餐桌上一段记忆，也让我们在辛劳付出的同时，享受到劳动带来的乐趣。

夏去秋来，转眼已是丹桂飘香。那些形似小小羊角儿的尖长椒弯曲地吊于老绿枝叶间，先后由青转红了！我们呢，一任这几盆赏心悦目的“盆景”鲜灵灵地生长着。它们红彤彤似火焰，加上绿叶呵护，简直美不胜收！

辣椒的故事还会延续，身边的幸福自然绵长。每每驻足于窗台边，总是心存愉悦与感激，因为这里曾经孕育出我们满心的希望，那可是我们用心浇灌培育的成果，为小康生活送来了无限乐趣！

由此，我不禁想到了下面这则故事。从前，有一个青年，整日在路边急速奔跑。有一天，一位老者叫住他，问道："你在干什么？"青年回答："别拦着我，我在寻找幸福。"说完，青年又急速奔跑起来。日复一日，年复一年，青年变成老人，但还是在路边急速奔跑着。突然有一天，他停了下来。这时，他才发现，路边的鲜花是那么美丽，他也看到了先前的老者。他问老者："你是谁？"老者说："我就是幸福。"

身边的幸福和快乐其实太多，繁忙不知方向的我们却不断地错过。

幸福，对于我们而言，可能就在于日常生活中的每个细节。比如那些无心插柳间长出来的椒苗、那些在我们有心浇灌下健康成长的辣椒等。只要我们用心去体会、发掘、感悟，幸福就能唾手可得！

阳台的教育

法国喜剧大师路易·德·菲奈司的作品《美食家》（1976），拿到今天看，很多人可能笑不出来，因为电影中的场景已成现实。片中，男主角和儿子深入大亨的食品加工厂，发现了骇人听闻的秘密：加工厂产品的原料并非天然，全自动的加工流水线上，鸡是用人造骨架浇上外壳制成的，最后还喷上色素伪装烤鸡；蔬菜叶是像橡皮一样压制出来的，最后攒成一颗菜；葡萄酒也非酿制，而是色素加上香精。当初这部电影上映之时，影院里笑声不断。也许，那时的人们不会想到，这些都会如此快地变为真实。

而今，返璞归真之风盛行，而且成为现代人生活的新时尚。家家见绿，成为人们的共同愿望。

我家有个不算小的、采光条件也不错的阳台，加上防盗窗的包围，的确成了家庭绿化的最佳地。一开始，主要栽种一些诸如茑萝、常春藤、文竹、仙人掌类植物，还有一些应景花卉。它们给我们家庭生活带来了融融乐意。儿子渐渐长大，记得从他念三四年级开始，学校每年组织一次踏青活动。结果，在小作文里闹出了笑话，将上海农村地里的麦子说成是韭菜。这时，我才意识到城里孩子离农村尤其是庄稼还是挺“遥远”的。于是，想到要利用好阳台这个环境，给孩子适当地补上一些关于农作物及其识别的知识。

小规模的阳台种植，多少可以实现一些回归田园的农耕愿望。记忆中最早在阳台上盆栽的作物是大蒜和葱。它们离家庭厨房“最近”，也最易让孩子接受。从初冬开始栽种，我们就密切关注它们破土而出并吐绿的孕育过程。在我们精心栽培下，幼苗茁壮成长起来，孩子和我们均有说不出的成功喜悦。此后，我们家餐前急用的葱和大蒜叶往往取自阳台。大概是潜意识中实用主义思想作祟，我家阳台上栽培的作物品种也越来越丰富多样。这不，到今天，已先后栽培过青菜、辣椒、芋艿、山药、山芋、姜、薄荷、毛豆等不下二十种。其中，山药、姜等更让家人认识了它们地上部分的模样。其实，对于阳台种植而言，最重要的收获并不只是无公害的果蔬，而是内心的满足与快乐。记得有一次，我们一帮朋友到安吉农家游，走进他们的自留地，看到一片地上长着疑似细竹模样的作物。大家顿生好奇，主人有意让我们猜猜（他估计我们是不认识的）。没想到，我儿子脱口而出：“这该是生姜吧！”看到主人点头肯定的样子，他心里美滋滋的。我知道，他是从阳台上得到了教育。

其实，阳台给儿子的教育又何止是让他比同学认识了更多的作物品种。春的清纯、夏的翠绿、秋的收获、冬的盎然，均让他体验着与“自然”的接触和对话，收获着耕耘与共成长的快乐。儿子不少习作的素材也多与阳台这片天地有关，如他发表在晚报上的《发现诗意》、发表在校刊上的诗歌等。儿子在之后更在阳台绿化方面投入了不少精力，且是自觉自愿，这些都保证着我们家阳台绿化和作物持续稳定“增长”。

两年前的暑假，因为我们外出旅游了一段时间，回来后我们看到一些植物已经干枯甚至死亡，心里难免有些遗憾。儿子见此，一边和我们一道忙着补种，一边开始思考，想着是否有办法在我们外出时能实现自动浇水，延长这些植物的生长时间。想到就做，孩子开始利用所学知识进行“研究”。我呢，则帮助他联系专家，在老师们的指导关心下，儿子在暑假里研制出了两种自动缺水报警的装置。经过在阳台花盆中的多次试验，证明研究成果具有实际应用价值。我们鼓励他把研究过程整理成文，还携装置参加了上海市第25届青少年科技创新大赛，结果荣获大赛二等奖。之后，他又想到要发明一种不仅能缺水报警，还要在家人外出时能自动浇水的装置。为此，他继续努力，想方设法，终于又在去年寒假前利用废弃材料研制出了一种自动浇花装置。该装置也在2011年3月的第26届上海市青少年科技创新大赛中获得了二等奖及6个单项奖，因此他还荣膺杨浦区“十佳科学小院士”称号。如今，我家阳台的“抗旱”技术可谓“领先”。你看，只要用心，我们不必“大动干戈”就足以乐享更多的“绿色生活”。

陶行知先生曾说过：要解放孩子的头脑、手脚、空间、时间，使他们充分得到自由的生活，从自由的生活中得到真正的教育。对于这一点，我完全认同。其实，最佳的教育，一定是置身于环境中的教育。阳台，就是一个小世界，也应该是孩子们乐此不疲的良好的成长之地。

茶坊牌友

城里的年轻人一般牌瘾都很大，可能因为打牌是宣泄工作压力的最佳方式吧。以前，在家里设牌局，终场人散之后，往往是满屋狼藉。如今，青年人更乐意去茶坊过一把牌瘾。

现在的年轻人，可以说是茶坊的主客。茶坊为了吸引更多的人去消费，也是动足了脑筋。从环境布置到项目创意、服务水准等，皆力求体现出各自的特色。正是在此大背景下，允许打牌的茶坊也便应运而生。年轻人只要花上数十元，既可以纵情打牌，又无虑收拾残局。自然有人愿意去了。

允许打牌的茶坊，通常是很喧闹嘈杂的。人说打牌是最显人性的，就算我们这些平时很谦和文雅的知识分子，在牌桌上也可能锱铢必较，“粗口”也是不绝于耳。你若走进一家满是打牌者的茶坊，立时会有身在菜市场的感觉。

我们单位的几位小青年，曾在一年前约定，采用轮流做东的方式，每两个月一次，利用双休日之一天，由做东者选择打牌的茶坊。大家如约前往，从不失约。因为彼此很熟，所以进入状态后，犹如置身战场一般。有时为了一个很简单的问题，双方争得面红耳赤、满腹牢骚，甚至有人时不时地发出“断交”的通牒。有趣的是，就是这些曾经在牌桌上舌战的“敌人”，在工作中、生活中却是知心相助的挚友。当然，我这样说并不意味着我们善于在牌桌上交友，而是说，在繁忙的工作之余，“大怪路子”可能是彼此增进了解的有效途径之一。每当战到欲罢不能时，我们可能会找一家通宵营业的茶坊续战。在这里，笑是“战争”之余“和平”的主旋律。据说，有人还因为打牌时的玩笑，笑晕了过去。牌桌上放松的程度，由此可想而知。此时，所有感观彻底变成了愉悦。

其实，人是需要平衡的。只有将许多压力、烦恼通过一定的方式释放，工作、学习才会有更好的发展、提高，只是每个人释放烦恼、解除疲劳的方式各不相同。在我们看来，打牌不失为一剂良药。

去过不同类型的茶坊打牌，我觉得其妙处大抵是一样的。我们揣着紧张工作挣得的钞票来到茶坊，目的只为舒缓神经，通常效果甚佳。遗憾的是，之后我们又得去全身心地投入到各自的事业、工作中，接受都市生活对神经的考验，永无止尽。

青春做伴是同学

大约在半年前，忽然收到一初中同学发来的短信，说是要做同学通讯录。当时我很奇怪，初中毕业都快三十年了，大家似乎都没怎么联系过，怎么突然想起要搞通讯录来了。我初中毕业后保持联系的同学并不多。加上后来我又到市区学习工作，大多数同学基本上也没了音讯。常联系的仅一两人而已，且多限于邮件，一年也见不上一次面。所以，当时我未及多想。

7月上旬，又有一则陌生信息发给我：“是老家金山杨士军吗？方某某。”我当时没太在意，便删了此短信。过些天，上网打开邮箱后才知原来初中同学在18日那天有个聚会。这时，我才感到非常遗憾！

好在总有同学还惦记着我。这不，打开163邮箱，二十多位同学的照片随之呈现，让我有机会一睹那些个熟识但不再青涩的面容。说实话，看着照片上的这些人，我真是记不得谁是谁了。好在拍照片的同学细心，早就意识到今天大家未必都能相认，就在照片下方按顺序注明了姓名。所以那些曾经非常熟悉而又在岁月流逝中渐渐模糊的名字开始跃然眼前。照片一下子把我拉回了三十年前的往昔岁月。原来很消瘦的张同学，现在已然发福。原本大大咧咧的李同学，现在清纯了许多……那时的他们，喜欢坐在操场上讨论哪个班的女孩漂亮。那时的她们，喜欢聚在一起讨论隔壁班的那个帅气男孩。那时的我们，是一群长不大的孩子。

仔细推算，大家都已过不惑之年，变化很大，成熟了许多。但无论如何变化也抹不去当年的印象。看着照片上的他们，一起野餐、一起溜旱冰、一起逃课摸河蚌、一起翻墙去看电影的往事袭上心头。大家应该都还好吧，希望陈年的岁月不会抹去我们那些纯真的友谊。

看着照片上那些熟悉的名字，忍不住拨通了两个许久未联系但上学时关系不错的同学的电话。电话那头传来熟悉的声音，还是那么亲切。大家欢快地交谈，幸福感油然而生。

昨晚，与夫人例行了五角场往返散步后，我独自坐于临窗的沙发上，凝视河南娄兄一月前馈赠我的“信阳红”在紫砂杯中缓慢散开，任凭缕缕清新的茶香裹着微烫的水汽袅袅弥漫。难得的夏风徐徐送进，茶香缠绵袭人，溽暑闷热的上海夏夜，也便在这般宁静悠然的思念初中同学别后三十年的情境中悄然散去……

夜不能寐，起来打开电脑，再次“欣赏”起那张照片。回忆着往日时光，不禁感叹岁月流逝之快。想当年，恰同学少年，青春岁月如诗如画。那共同学习的时光，那懵懂而复杂的感情，欢愉的，悲伤的，幸福的，憎恨的，都一去不复返了。漫嗟岁月催人老，长叹同窗聚首迟。但愿不久的将来，我也能与诸位把酒言欢，畅谈往事和思念之情。

曾经，我们总以为时间很多，毕业是件很遥远的事。却不知当初我们肆意挥洒的每一天，只是让我们离毕业更近。待到毕业，方知朝夕相处的我们终会各奔东西……离别落下的泪水，是对过去感情的怀念；无法停下的脚步，也注定我们只能将这份青春的情感藏于心底。

毕业那年，我们彼此写下祝福，许下诺言，说好要常聚聚。然而，年复一年，我们联系少了，甚至连电话短信也没有了。不能时时都在一起的我们，似乎变得世俗、沉默、陌生……现在，我终于明白：人与人之间最小的差别是智商，最大的差别是坚持。

回想走过的这三十年，有激昂，也有沮丧；有激情，也有痛苦；有拼搏，也有无奈。青春做伴是同学，三十年留给了我们一笔宝贵的经历财富。旧梦依稀醉眸处，深情感叹举杯时。要知道，人生能有几个三十载，再过三十年，我们都该七老八十了。到那时，若我们同学再会，一定是笑容灿烂！

如果再见不能红着眼 / 是否还能红着脸 / 就像那年匆促 / 刻下永远一起 / 那样美丽的谣言 / 如果过去还值得眷恋 / 别太快冰释前嫌 / 谁甘心就这样 / 彼此无挂也无牵 / 我们要互相亏欠 / 要不然凭何怀缅……

听着央视音乐频道传来王菲的《匆匆那年》，我似乎又回到了初中生的岁月。那时候没有炫富，没有攀比，也不拼爹，单纯地只是交朋友就好。流水不因石而阻，友谊不因远而疏。不是吗，同学虽三十载不见，对于共同走过的校园美好时光却有着相同的念想。这念想，我相信定会延绵不绝！

少年忆趣

这两天，老是做一些有关初中时代的梦。翻开已残缺不全的初中同学录，姓名与照片无法一一对号入座了，但许多事却历久难忘。有些故事说起来还意犹未尽，回味无穷。

我是在 1982 年 9 月上的初中。按照时下流行的学区划分，我本应该在老家的中学念书。父亲担心我被母亲呼来唤去地做事而耽搁学业，便把我转到石化附近的金卫中学，离他单位大约 10 分钟的自行车车程。凭借父亲在单位的一点影响，我能和他同住宿舍生活，只有中饭在学校吃。

在学校吃午饭的事，是必定要提及的。那时，金卫中学的食堂仅有几张破饭桌，买饭的窗口也只有几个，我们得与住宿在校的高中生一起排队买饭。高中生仗着自己个子高，往往要插队。结果，我们初中生多数吃到的是残羹冷食。所以，我们就特别希望老师能提前下课。不过，一般任课老师是不敢早下课的，只有体育老师例外，他往往会提前 4—5 分钟。于是，我们上体育课时总会很认真，生怕惹恼了老师。因为有这几分钟的便利，我们总算每周可吃上一次热餐。当时吃饭的速度是很快的，因为要站在狭小的食堂里吃。下雨天时，环境就更差，所以我们三下五除二，快速搞定。当然，也是为了省出几分钟玩耍的时间。我就是在那里养成了快速吃饭的习惯，保持至今。夫人和儿子为此对我很有意见，说我连吃饭都在无形中给他们一种压力。

再说两件关于玩耍的事。1983 年 6 月的某个中午，我们吃罢午饭，天气正炙热难耐。我提议出去放松一下，立即有几个伙伴附和。我们来到大路边的一处池子旁，有人提出要游泳，大家便就下了水，开始了水上游戏。玩着玩着，忽然一个伙伴举起一样东西。我一看，是河蚌。于是提议大家摸一些河蚌送给班主任。没多久，大家连玩带摸也就收获了不少。然后上岸，清洗河蚌。等太阳把衣服差不多晒干了，我们便唱着跳着去上课。走到校门口的时候，班主任已经在那里“恭候”了。从她严肃的表情中，我们知道少不了要挨批。果然，班主任让我们不要上课，到办公室深刻反省。一开始，我们觉得没什么，况且我们还送了老师河蚌，够她家五口人改善一顿的。但是，等她提出要让家长来学校时，我们这才意识到问题的严重性。有同学开始眼泪滴答，有人保证要认真悔过，写保证书，希望老师不要告诉家长。班主任看能镇住我们了，也就收下保证书，让我们把河蚌送往食堂。不久，我们去摸河蚌的事全校都知道了，而学校并没有对我们作严格的处分。后来老师还是将此事通报了我的父亲，要父亲对我严加管束。我从父亲那里得知，学校原本是要处理我们的，但班主任念及里面有类似我这样的几个“好学生”，便和学校沟通将“大事化小”了。这件事给了我深刻的教育。直到做了教师和父亲，我才真正体会到班主任教育的艺术与魅力。

另外一件事发生在1985年初夏。那时候流行溜旱冰。一日下午，正值放假，同班的几个男女同学相邀到石化玩。我们先在滨海剧院看了一场电影《快乐的单身汉》，觉得不过瘾，就径直到石化溜冰场去。我们中有几个是会溜冰的，另外几个则不会溜冰，我是在父亲的单位学会的。那时，父亲的单位是个新单位，单位里绝大部分是20岁左右的青年人。他们大多食宿在单位，除了参加单位的舞会外，最多的活动是在空旷的水泥地上溜冰。我每天晚上有一个小时的活动时间，多数是去溜冰，但单位只能溜平坡。溜冰场里有平坡更有斜坡。开始我在平坡上教伙伴玩，后来发现不少人在滑斜坡，觉得蛮刺激的，就和“徒弟”——一位女生一起，慢慢地滑上斜坡。滑上坡感觉还好，但下坡却甚感勉为其难。刚开始还算留心，渐渐就大意了。“徒弟”已松开我的手往下滑，这时坡上正有人冲下来，眼看就要撞上她。说时迟那时快，我径直挡在他们两人之间，结果被生生撞了个仰面朝天。虽然我一手及时抓住了扶杆，但屁股还是重重坐在了地上。“徒弟”得救了，我却付出了大代价——屁股痛了好几天，以至于父亲怀疑我被人欺负了。随后几天，我走路屁股总是一扭一扭的，看起来很是滑稽，惹得背后常有同学笑话，说“就是这个‘救美’的家伙”。我听了，也只好跟着苦笑。

每个人都有自己的少年时代，有许多故事，包括出丑露乖的故事。对于这些故事，其实我们完全可以尝试着改变自己的心态来看待。这样，可以使自己过往的顽皮事、小秘密变成充实自己愉悦自己的心灵活动。说不定，这些小事在过了几十年后向人道出，会滋润你平凡的生活，平添几许乐趣。因为这世界上，有许多幸福，有许多快乐，有许多梦想，总是可以企及的。

阅读幸福

题记：那些困扰人生的梦想其实只是烦恼，使我们不屑于生活的当下。

那些年，贺卡曾风行一时。

日历撕去一页，再撕去一页，新年就到了。新年到了，大家就要相互祝福。于是，来自天南海北的贺年卡，就像多彩的蝴蝶，熙熙攘攘地飞上心的天空。

阅读贺卡是一种幸福。平时的情感和友谊，在这里汇成潮汐。我喜欢把收到的贺卡归类阅读，生命的年轮会由此变得清晰。昔日的学生是寄送贺卡的主力军。把他们的贺卡堆在一起，我仿佛走进往日的教室，叽叽喳喳，喧闹成一片。这些贺卡，有的洋洋洒洒，把大张卡片写得满满当当的；有的则除了自己的签名外，一律是印刷的通用祝福。我发现，离校时间越长的，言语间对老师的尊敬越多，不知是因为生疏，还是其他缘故；离校时间越短的，说话越发“肆无忌惮”，时不时告诉我一些自己被学生流传的“洋相”。这也许是自作自受吧。在学校任教，我向来主张学生该像校园里的树，按照各自的姿态自由地生长。认为对于学习的标准和要求，一般能认真对待，就一定能得到一个满意的成绩。时间长了，与学生的交流就变得平等随意了，甚至有点没大没小了。

地理教育界寄来的贺卡，往往让我回忆起自己在各种场合意气风发、踌躇满志地畅谈振兴地理教育的岁月。只是这几年来的贺卡，字少了，调低了，以往对地理教育的热情与豪气，逐步转向个人间的亲切祝福。朋友间的话是最多的，写在贺卡上的字却是最少的。不过，几句“花言巧语”，总让我读起来觉得舒服，觉得朋友交得有价值，活得也潇洒。于是，我心甘情愿地继续做一些两肋插刀的事情，甚至莫名其妙地萌生请客搓一顿的冲动。

近日，收到一张只有祝福却没有署名的电脑打印的贺卡，写的话有些肉麻，好像是女流所为。我惧内，所以为了防止节外生枝，不敢张扬。元旦那天，夫人在厨房间里小心问我，有没有收到过匿名贺卡。我先说没有，而后回避。想不到，夫人居然能把该卡片中的文字都说出来，我不敢再隐瞒，和盘道出，并请夫人发配。她莞尔一笑，说是自己所为。我不信，她如实道出由来，我反倒觉得难为情了。原来，在谈恋爱的时候，我曾经给她做过不少的手绘贺卡，至今仍有保留。因为这个创意，我赢得了她的芳心，想不到在相识十年后的今天，她给了我一个意外的惊喜。

阅读贺卡，是一种真正的幸福。每一张雅致美观、设计精妙的贺卡，背后都隐匿着一张笑脸。笑微微笑哈哈地传递友谊的温馨，带给你祝福，给你情感和记忆。

祝福自短信来

题记：如今，大家都在谈幸福指数、幸福力。其实，幸福力就是：放得下过去，能面对现实，享受好当下。

年前稍闲，想到邮局买些贺年明信片，写上几句祝福语，寄给朋友、亲戚、同事。可到了邮局，方知此明信片在元旦前就已售罄。悻悻然回家，拿出信纸，想通过写信了此心愿。刚拿出笔和纸，7岁的儿子就跟我说："老爸，你也太落伍了，拿手机发几条信息不就行了！"接着，他给我讲了发短消息如何如何方便，可先写几句短话保存，然后像写学生评语般地来个选择，发给不同的朋友。最好的是，可以在除夕新年钟声敲响的一刻，把祝福及时送出。我一听顿时醒悟，相对于落后的写信方式，发短消息无疑是高效率的，而且还环保。于是，我便认真准备起短信来。儿子不失时机地夺过我手中的手机，给他的老师和同学送去问候。他第一个短信是发给英语老师的，虽然他在期末考试中的英语成绩不理想，但和茜茜老师可谓打成了一片。我觉得，这对于他的学习并非坏事。然后，儿子又给几位熟悉的亲戚发去了短信。最后，还通过我的手机，悄悄给他妈妈也发了条短信。在隔壁串门的妻收到儿子的短信时，着实吃了一惊。想不到儿子凭借一学期的拼音功底和自己的理解，一口气写出了"妈妈，我爱你，愿你猴年快乐、健康，把烦恼抛到九霄云外。我要努力学习，争取好成绩"。小孩子的能力真是无限的，只要给他一个小小的空间，就会给人足够的惊奇。

儿子一边发消息，一边问我是否准备好祝福的话。我终于想好了两句：一句是“祝猴年攀新高，瑞年康乐福”，另一句是“愿猴年拥着健康，揣着幸福，牵着财富，拽着吉祥，共度佳节”。然后，我开始认真地用拼音写，由于普通话不标准，最后还是在儿子的“指导”下完成的。

除夕夜，人人都在辞旧迎新，儿子最兴奋。因为他不仅拿到了数额可观的压岁钱，更重要的是他与我们一起分享了给予和被给予祝福信息的快乐。大约在晚上 7 点以后，我开始陆续收到一些朋友的短信息。原以为自己编写的祝福语言短小精悍，看到朋友写来的短信息，我才惊讶于他们的“杰作”。有位朋友写道：“猴年将至，让我们共同点燃欢乐的爆竹，欣赏吉祥的礼花，聆听悦耳的铃声，阅读祝福的短信，祝愿你，走进如意的猴年！”其坦诚情深的话语，跃然机上，直抵心扉，令人感动。另外一位朋友这样写道：“心到，想到，看到，闻到，吃到，听到，人到，手到，脚到，说到，做到，日子到，时间到，迎新的钟声没有到，我的祝福提前传到！新春快乐！”虽然我至今尚未悟出几个“到”之间的关联程度，但如此创意，真是令我折服。还有一位外地朋友这样写道：“新春到！让平安坐上 / 开往春天的地铁 / 让快乐与你 / 不见不散 / 让祝福语吉祥 / 一个都不能少 / 让你的幸福与快乐 / 没完没了。”一位同事的问候则是：“今年春节不送礼，发条信息传给你。健康快乐常伴你，幸福美满粘着你，还有我要告诉你，财神已经看上你！”……总之，则则短信联结、融合了相互的友情和关爱。

猴年新春的钟声在人们的等待中到来。屋外天寒地冻（这在上海是不多见的），爆竹声声，守在电视机前的我，一边听着新春的问候，一边忙着发出短信。不知不觉中，50 多个幸福的问候发送完毕，全家人乐意融融。但是，发完短信后手机是不能马上关的，因为被给予的祝福同样让人快乐。儿子最后实在熬不住倦意的袭击，在梦中回忆他甜蜜的短信问候了。我想，那一夜，儿子应该是最兴奋的。

以后的这几天，依然是短信息接收的高峰。一些原本不太熟悉的朋友也从四面八方送来祝福，我自然也要回复。当然，我也尝试着把他人传来的精品短信转发给其他朋友。这样，一个快乐传来传去，也便成了众人皆知的快乐。后来，我听说有几位写短信息的高手，每天都在苦思冥想着如何写出幽默的段子。今年春节的快乐中，自然少不了他们的贡献。尽管如此，我更看重自己的设计，因为只有自己的才是最好的。初五那天值班，闲着无聊，想给太太发个短信。于是，便有了一则“盛世拽金山，华彩绘裕景。贤凤展宏图，雄鸡报康乐”的嵌字问候短信。不用说，诸位一定猜出我夫人的大名了。夫人不敢相信是我的“杰作”，回信反问“哪儿抄出来的”。看样子，我还是给了她一个意外的惊喜。接着，收到儿子通过妈妈的手机发来的短信：“爸爸，我想你。我在眼泪滴答……”我有些奇怪，正欲回电了解详情，不小心又按下了翻页键，一行字突现：“哈哈，这是我在开玩笑。”看毕，我由衷地笑了，儿子在成长。

一条短信，恰似一首温暖心灵之窗的小诗；一条短信，就是一份温馨的友情，一份热情的祝福。对于老朋友，那是为长青的友谊浇注一股感情的清泉甘露；而对新朋友，那是铺设友谊之路的一砖一石。

临末，想问一句：今天，你发短消息了吗？

名从实来

在工作中，有幸结识了两位香港朋友，继而又相知相熟。在心目中，他们是我的偶像、楷模。

首先认识的是位女士，吴方笑薇，香港地球之友总干事。1994年底赴穗参加某国际环境教育研讨会时初识，以后多有联系，关系不错。后一位是先生，蔡元云，香港“突破”机构总干事。1998年5月在上海市曹杨二中认识，也保有联系。

以前，我总以为，名人是赚大钱的。环顾四周，那些文人墨客、体坛健将、影视歌星等都是拥有雄厚经济基础的，所以便有此“偏见”。但这两位朋友虽也够得上名流一族，却不关心赚大钱，甚至心甘情愿为各自所钟爱的事业“倒贴”。

吴方笑薇有着一个富裕的家庭，但她热心环境保护事业，毅然放弃养尊处优的生活，参加“地球之友”的工作。不仅义务服务，而且常会因为费用问题“倒贴”。用她的话说：“这是值得的，我要做个环保妈妈，使更多的人关心环境、关注地球母亲。”蔡元云先生是位医生，为了使香港青少年有更好的发展，他与另两位志同道合的朋友一起，于1973年7月成立了名曰“突破”的机构。从此，这位具有“突破”意识的医生与青少年工作结下了不解之缘。“为香港青少年提供综合及整全的服务。透过不同渠道，深入接触本地青少年，帮助他们认识自我，了解生命意义；发掘天赋潜能尽展所长，成为明日领袖。”“突破”机构的上述工作宗旨，是可以表明蔡先生的执着和追求的。

说他们是真正的名人，是因为他们义无反顾从事的事业均维系着未来地球村及“村民”的发展，且成效卓著。“地球之友”在吴方“干事”的示范下，发挥着越来越巨大的作用。她那种舍小家为大家的行为，在港人中具极大的影响力。正因为如此，“减卡行动——过绿色圣诞”“给克林顿先生的一封信”等大手笔，使“地球之友”家喻户晓，连董建华都说“‘地球之友’把环保这只‘蛋糕’做大了”。“突破”则着眼于使青少年“有所突破”。它由3个人的小机构开始，扩展到今天拥有200多职员、400多义工的大民间团体，对香港青少年的成长、成才发挥了不可估量的作用。有鉴于此，香港政府出巨资助建“突破青年村”。江总书记也在1998年7月1日香港回归一周年之际专程视察了“突破青年村”，并勉励蔡先生再攀新高。

举凡名人者，在功成名就后，或见好便收，或畏首畏尾，或自毁前途。而此二位却不然，他们并不满足于在本港的一点成功，而是心中装有“大中国”。他们以实干为本，以事业会友，为全中国环保事业和青少年的“突破”发挥着民间机构特有的职能和作用。高兴的是，两位总干事都率先把目光瞄准了上海这座与香港一样充满机遇的国际化大都市，并且找到了各自在上海的合作和发展对象，且一拍即合。“地球之友”与上海市环境教育协调委员会的成功合作，推动了上海民间环保的进程，也使“地球之友”在国内好评如潮，“突破”则主动与“爱的教育”研究会对接，首度成功合作的项目“聆听少年心底梦”活动可谓功德圆满。此外，1999年暑期和11月下旬还两次邀请部分上海中学生到香港“突破”青年村参加有关领袖人物的培训。这些都标志着沪港文化交流活动又跨出了实质性的一步。这其中，吴方女士和蔡先生功不可没。

我敬佩他们，一是因为他们能不惜牺牲自己而为他人服务的奉献精神，这在现今显得弥足珍贵；二是他们放眼未来，虽年近花甲却有着一颗永远奔腾的心，在各自的事业中耕耘创新，足令吾辈年轻人汗颜。我希望把两位朋友介绍给更多的人，并企盼更多的朋友能为环境保护和青少年的发展尽一份力，也算是自己做了一件有益的事吧！

我庆幸，我结识了两位真正的名人。

统里“三杰”

安吉，据称是离上海最近的一个山区县。随着上海人回归自然的步伐加快，安吉这个推崇“以生态旅游立县”的“上海后花园”，正成为沪人节假日登山览胜的第一选择。我加入这一行列，不只为满足个人的爱好，也是为筹建一个生态教育基地。人生地不熟的我，带着激情兴冲冲地直奔安吉统里村。幸遇贵人相助，我们组织的首次活动取得圆满成功。这里，我想把统里的几位贵人介绍给各位。

有人问我，为什么会想到在安吉建生态和环境教育基地？这主要得益于环保志愿者任卫中先生的帮助。1998 年初，《文汇报》刊登了有关我校环境教育情况的报道。不久，收到了任先生的来信。他向我谈了自己的想法，意欲帮我们在安吉统里村物色一块地方，让上海的学生有机会在大自然中接受环境教育的熏陶。在信中，任先生还附有许多实地照片。于是我和任先生一拍即合，以后的联系一切顺利。我们先后往来上海和安吉，我还准备为他的工作作些宣传，以便实现他搞环保的愿望。说到这，不能不介绍任先生的一些情况。任现在安吉东南角的梅溪镇安吉航运管理站工作，喝惯了安吉山区清泉水的他，喝不惯苕溪下游的河水。上下游水质清晰的比较，使他明白水污染的严重后果。作为黄浦江的源头，苕溪水的水质已如此，那么流到上海后的水质就可想而知了。他身在航运管理站，心却在环境保护。面对水环境的恶化，他再也坐不住了。他东奔西走，为水而战。每逢休息日，他总是带着干粮走在山道上，溪水边。他向苕溪上游人劝说，不要将污水往河里排放，并把下游人喝的水样给上游人看。他自费买了相机，拍摄了山区美丽而原始的风景，将一泓泓清泉的照片给苕溪下游人看。他乐此不疲，他为此牺牲了时间、金钱甚至爱情。于是，“环保任”的外号便在安吉农村传开。因为他认识到这项工作的重要性，为此越发投入和关注。我问他：“你这样顾大家而舍小家的做法，是否太亏待了自己？”他回答：“我希望大家明白天下一家的道理，我也希望大家能拥有美好的环境，能与自然和平共处！”他的话让我对他更是肃然起敬。“环保任”现在与我是好友，目前我们正在筹备成立一个民间环保组织，希望能吸引更多的人参与。有时候，我也在想：“环保任”做的比我多、比我好、比我实在、比我无私，而得到荣誉的往往是我们，他在劝说上游人注意环境保护，而得到实惠的却是我们下游人。我在他心里的形象一定不会太好吧？

我们的基地统里村，位于南天目北麓，山环水绕，风水绝佳，所以全村经济在全镇始终占据首位。据说，全镇乡镇企业的经营者中，统里村人占到70%。说风水好，未免有些牵强，但统里的绿化的确出名，绿化覆盖率已突破70%，几乎已无闲地可种林木。这样的绿化率，当地人都不会忘记“植树杨”在其中发挥的作用。改革开放以前，有一天杨老伯被村长唤去，要他负责看管村里的树和牛。从此，杨老伯被剥夺了与人交流的权利，转而以树和牛为伴。他想不通，为此有好几天没吃过顺气饭。后来，看到村里有人到山脚砍树并偷回去当柴火烧，他觉得可惜，于是成了统里村第一个护林人。因为没有给村里创造直接经济价值，杨老伯的工分全村最低。不过，他不在乎。能吃饱饭，他就觉得足够了。就这样，一晃他就干了十年。这十年，没人算过他的贡献，倒是有人被他得罪了，甚至扬言要报复。他没当真，直到有一天，几个砍树人被他撞见后果真用刀砍了他一下，他才知道原来与树打交道也不太平。他给我看他被砍过的手。我说，在那个年代，人有时连树都不如，没把你当成树砍已实属万幸了。他憨憨一笑，点头说是。改革开放以后，农民靠山吃山，着实富了一趟。但山渐渐光脱脱，水渐渐浑浑然，山下粮食渐渐减产……杨老伯开始在荒山上种树，树苗是他用自己的钱买来或自育的。钱从何而来？原来他的两个儿子借着改革的春风，成了当地有名的专业户。他们每月给老杨一笔零花钱，老杨把它们全花在树苗上。有人说他傻，但他不以为然，仍执着地用行动实践着自己的追求。一晃二十年又过去了，他种的树如今棵棵挺拔成材。他不仅把村里的荒山全部种绿，还义务到外乡、县、市种树。我问他种了多少树，他说没有算过。是的，他不是那种种树算数的人，他没想到要人回报。我估计，他至少已经种了 15 万棵，就树的经济价值而言，已经超过了 70 万元。如果加上生态价值和社会价值，以 10 倍来算，至少值 700 万元。所以，他够得上全村首富。可是，除了得到过一次连他自己都不知道怎么得来的“全国绿化系统劳模”外，再也没有得到其他的物质和精神奖励。我问他知不知道马永顺。他说不知道。我说马永顺和你是同行，成绩最多和你一样，但他的荣誉至少是你的 100 倍。他说，我不在乎，只要别有人破坏我种的树就行！看到现在很多人凭着“劳模”这一“护身符”，干着一些不符身份的勾当时，很多人对劳模的崇敬感便消失了。不过，这只能怪那些“劳模”自己，是他们亵渎了“劳模”在人们心中的形象。如果“劳模”连普通百姓都不如，评选又有何价值呢？

“盆景陈”的大名叫陈声宇。相比起前面两位，他颇有经济实力。因为他的每一件盆景的价值都是上千元，现在他的盆景价值估计在200万元。可是，他没有把钱看得很重。他乐于行善，村里修路建桥、小学扩建等，他都及时行捐，不求回报。仅小学文化程度的陈老伯，照理是难与盆景这种文化人的专属品联系到一起的。但他敢于挑战。他早先是下放到村里劳动的工人，三十年来，每当休息日，他就到山上山脚转悠，而且每次总能觅到一些宝贝。他将它们挖出，稍做加工后带回家。以后，日积月累不断增多。于是，他开始学着修剪搞造型，慢慢地积累了一些经验。后来，改革开放了。他开始与外地专家联系，学到了不少东西，受到好多启发。他说山里人的优势是有素材有实践，如果能在理论上有所提高，就一定能成功。我佩服他的勤奋、执着、脚踏实地。而这恰恰是当代青年所缺少的。从他的追求中，我们能悟到很多。更难能可贵的是，他热心助人，把自己的盆景经验毫无保留地传授。他认为搞盆景是一种乐趣，把自己的经验传授给他人同样是件开心事。上海也有许多盆景高手，但我觉得很多人是留了一手，所以盆景业的发展受到了阻碍。如果能学一学陈老伯的做法，或许我们现在的许多问题或困扰便会迎刃而解。在陈老伯家一住便是好几天，我也享受着这“无声的诗，立体的画”带给我的愉悦。我还拍了不少实景，为的是让更多的朋友分享我的乐趣。临别，我问陈老伯：“你愿不愿意到上海来传授盆景制作知识？”他说愿意，最好请上海人到这里学，一则可免去住宿开销，二则可以置身大自然，与山为友，与水做伴，人的心胸可以得到熏陶和释放。我想他的话是真心的，字里行间透出泥土的清新。当然，他也有遗憾，认为自己把家乡的美通过盆景艺术传播开去的同时，也破坏了家乡的环境。所以，他见到“植树杨”时总有些尴尬。

统里“三杰”同在统里溪（苕溪的上游）边住。“环保任”处在下游，所以对环境保护很敏感；“种树杨”家在中游，对山上山脚的绿化的重要性颇有认识，所以强调植树护林；而陈声宇老人则得上游之利之优，靠山“玩”盆景，将美带给他人的同时自己也收获着美。

孔子曰：“三人行，必有我师！”我想，此三人皆堪称我在为人处世方面的老师。当然，拟此题目未必贴切，苦于一时没有更好的，姑且用之。

做一名麦田里的守望者

在浙江南天目山一个山间盆地的斜坡上，有一栋二层原木楼房。这里海拔950米。房屋的底层是环保陈列室和能容纳20人的几间客房，阁楼上则是主人自己的卧房和听音阁、赏景台。整个平坦的谷地和对面舒缓的山坡上，散布着为数不多的牛羊。草地上盛开着绚丽的小花，清澈的溪水终年响彻山谷。牧场一直延伸到对面的林子，那里有郁郁葱葱的山红枫、金钱松。夏日的天空明净而宽敞，几只苍鹰在这片灿烂的晴空里盘旋，自由自在……

这便是我的朋友、环保志愿者任卫中先生勾画了多年的生态农场。在我们这些朋友的帮助下，这些理想中的情形，也逐渐实现。

塞林格《麦田里的守望者》的主人公有一个理想，他想象悬崖边有一大块麦田，一大群孩子在麦田里玩耍，就他一个大人。而他的任务就是站在悬崖边做一个守望者，专门看管朝悬崖边乱跑的孩子，以防他们掉下悬崖。在任卫中的眼里，而今的孩子们又何尝不是在悬崖边的麦田里玩。麦田里有天真、童趣和久违的自然气息，悬崖下则是空虚和物欲的深渊。他觉得他有责任和义务，为孩子们找回自然、天真、童趣。如果合作做点实事，此处正是绝佳的基地。写到此处，因为已经深深印刻于心田，所以免不了会触景生情。

那是1998年初，我意外地收到了任卫中的来信。他向我谈及他的想法，要帮我们在安吉统里村物色一块地方，好让上海学生有机会在大自然中接受美好环境的熏陶。在信中，他还附了许多实地照片。他写道："因为没有体验过美好的环境，生活在城市里的孩子以为世界本来就是这样灰暗污浊，这是最可怕的。这是我们的不负责任。学生不知道地球上的环境原来的清新美好，便会缺乏向往清洁环境的热情。所以，对学校环境教育而言，不妨抽点时间，带学生回归自然，去森林、海滨和乡野走走看看。让他们看看自在生活的鸟儿，看看蓬勃生长的野草，嗅嗅滋养生命的空气，尝尝欢快流淌的溪水。只有体验过自然的美好，才能从内心深处向往清洁美丽的环境。如果孩子们有了这种向往，地球的未来就会有希望。"他说，他愿意做一个麦田里的守望者。为此，他已经做了许多努力。我佩服他的勇气和毅力，因为这意味着，他将牺牲时间、金钱甚至爱情。他说他已经做好了充分的准备。我知道我没有必要再做他的工作，只有尽力帮助他实现这个愿望。现在，他的理想终于要实现了。

非常巧合的是，任先生在2000年花了五万元营建的青少年环境教育实践基地，当地人就称为麦田里。他说，他要做的这名守卫者，是给学生创造良好的环境与实践机会，专门接待来此参加环保夏令营的城市孩子，使他们走近绿色，亲近自然，他还要和孩子们一起探讨生态学知识以及钱能做什么、不能做什么的问题。值得一提的是，这个尝试的价值在于：城市现在不能解决的问题，至少在他那里有解决的可能性，而这又关系到人类未来是什么的问题。

我虽然从事着与任先生相似的工作，但面对他博大的胸怀，我感到自己的渺小与压力。所以，我把自己所知道的任先生的计划介绍给大家，也算是做了一件好事。同时，我也希望生活中能多些志愿的守望者，以自己的智慧和爱心去守护麦田里的孩子，守护这些人类的未来与希望。

四川老哥

四川老哥，这是我自说自话对班上三位四川籍男性学友的敬称。

我有幸参加国家级骨干教师培训，我所在的安徽师大培训点地理培训班的学员共有38位，是从全国11个省市走到一起的。这11个省市，其中只有四川是属于西部省份。所以，我对他们就特别关注。而住处的邻居关系，让我比别人有更多的机会接近和了解四川老哥。

四川老哥都是60年代出生，现在是当地颇有知名度的中学地理教育教学权威。但在安徽师大，他们个个显得谦虚、好学。平时，我们经常举行一些互动式的交流活动，经常能看到他们手里的笔在不停地记录着。对此，我们中的许多人总不屑一顾。轮到他们发言或交流时，总是先吐出“我们是来学习中部、东部地区的先进经验的”等字语，然后是谨慎的发言，有时候真让彼此觉得尴尬。最近，我们中有人发出了“学习四川老哥”的倡议。事情还得从多媒体机房说起。原先的机房是师大请专人管理的，轮到我们班使用的时候，老师傅会在指定的时间开关机房。到后来，好学的四川老哥逐渐成为掌门人。可能是觉得钥匙掌握在他人手里不自由，抑或老是晚退过意不去。从此，我们可以在业余时间随时上机。每当你想上机的时候，你绝对不是第一个到的，四川老哥三人中必有一位先你而到。再后来，四川老哥又成为化学班上机的掌门人。在他们的影响下，地理班的学员上机热情高涨。无论何时，机房里的学员总是地理班超过化学班。甚至有人戏言："给四川老哥在机房安个床吧，这样电脑就有了全日的伴侣了！"对此，四川老哥只是低调地回应说：咱们这是"笨鸟先飞"！现在看来，我们上机水平的提高，其实是让四川老哥带出来和逼出来的。所以，我们更得感谢他们的表率行为。

四川老哥也是地理班宽松氛围的缔造者。学习之余，我们需要舒缓紧张的神经。三位四川老哥各有一脸的幽默，所以，课间稍息、餐厅就餐、道边散步，此三君在不在场的气氛是迥异的。当然，四川老哥在开玩笑的同时，往往也成为他人开玩笑的对象，甚至有些玩笑是过分的。但是，四川老哥总能用盆地般宽广的胸怀，接纳着有意无意的"攻击"。"只要我们大家过得好"是他们的口头禅。

据我的观察，四川老哥平时的就餐很简单，甚至一天三餐均是茶水馒头。在他们满负荷的工作量面前，我总怀疑他们别有撑下去的秘方。我们无意间发现，三位四川老哥偶尔会心照不宣地"失踪"，和另一个班上的四川老乡在"幽雅之地"小聚。品茗、酌酒、卡拉OK、谈心，成了他们调整自己、舒缓神经的法宝。每当见到略沾酒气、脸面微红的老哥回来的时候，我这位上海小兄弟总是变着法儿钻到他们的寝室，参与讨论他们意犹未尽的话题。听他们海阔天空地谈论，我时而犹如在峨眉览胜，心旷神怡，时而又心情沉重，因为他们说到西部水土流失的严重状况。"风景这边独好"，是我对四川老哥酒后畅言的印象。曲终人散之后，一种怅然若失的感觉却上心头，因为相对于四川老乡的阵容，地理班的上海同乡实在少得可怜。

四川老哥对西部开发有着特别的理解，他们对未来的态度更是积极的。正因此，他们更深刻地感受到了国家和西部人民选送他们参加培训所寄予的期望。他们夜以继日、废寝忘食地学习、充电，他们拼命地钻研教育理论，撰写教育教学论文，拼命地学习教育新技术，制作多媒体课件，令我们这些所谓的东部骨干望尘莫及。

能在芜湖结识三位四川老哥，是我今生的荣幸，四川老哥，我这个上海小弟祝你们一路越走越好，若干年后，希望我们再相约江城，用你们的喜讯做干杯最好的菜肴。

影响我的三句话

“人生的道路虽然漫长，但关键的时刻只有几步，特别是在一个人年轻的时候。”这句出自柳青的名言，被我引用到任教学生的某篇周记评语中，以此告诫他在生活的道路上要把握住自己。我认为，恰当而及时的提醒，犹如一颗金苹果。这种认识也源于我在年轻时关键时刻都有贵人相助的经历。在这里我提及三位老师的三句话，它们让我印象至深，经久难忘。

当年，临近大学毕业时，我们每个人均因分配去向问题有些惘然。身为学生会主席的我，在由于种种原因失去了许多次机会后，也陷入了一定的情绪波动之中。就在此时，入党介绍人、系党总支副书记吴老师说的“你不比别人多，但也不比别人少”这一句话，在充分肯定我的同时，也鼓舞鞭策了我，让我看到了“条条大路通罗马”的开阔世界，不由得产生了一种想和别人比高低的情感冲动。事实上，多年来，我正是在这句话的鼓舞下，胜不骄，败不馁，笑对人生的每次挫折与失败，取得了不比别人差的成功和收获。为此，我感到欣然。

开始被分配到中学教书，尤其在一所市重点中学里教授地理，我总觉得有些茫然。但一旦成了其中一员，我就无路可退了。我无法说“不”，更不情愿说“不”，我只好暗自下定决心，用“不比别人少”的毅力，开始了我的人生奋斗历程。事实上，一开始许多努力都成为徒劳，原因是我教的这门课属“副科”。重点中学的学生当时可能更看重主科，而学校也不得不围着“指挥棒”转。一时间，我又有一种付出与收获不成比例的失落感。此时，我的导师、著名特级教师陈老师及时发现了我的情绪变化。为此，他结合自己的经历，语重心长地开导我：“路是靠自己走直的，而不是等直的。要想取得事业上的成功和荣誉，必须靠自己付出比别人更多的时间和努力。”陈老师的一番话，让我如沐春风。在他的关心和指导下，我重新树立起信心，摆正了自己的位置。我尝试着搞起环境教育，写教学心得、论文，并钻研教材，参加教学比赛，实践多媒体教学等。由于我把别人用于看电视、休闲的时间都花在业务上，因而获得了比别人更多的机会。为此，我感到非常庆幸。

有一段时间，因为工作问题，我与一位同事产生了一些误会，影响了工作的正常开展。这时，学生工作指导老师周老师及时地找到我，并了解了一些情况。本着关心年轻人，给年轻人更多机会的原则，她对我认真地晓之以理：“学生工作会由于工作本身牵涉许多人，关键在于自己如何对待。我觉得，送一盆花给自己不喜欢的人是一件有益的事。”我照着周老师的吩咐，及时妥善地处理了与同事的关系，从而使工作有所起色。之后，每当有些不快之事发生，或他人有不快之事向我诉说时，我总是将周老师的话作为“秘密武器”传授给他们。结果，这句话简直成了百医百灵的“宝贝”。正因为有了这支处理人际关系的“润滑剂”，我拥有了更多朋友。为此，我感到非常欣慰。

时间过得真快！不知不觉，我已踏上了第九个工作年头。每当我事业或人际关系出现小挫折，有些困难时，三位老师的三句话便成了我的“省身镜”。说实在的，我能有今天的一些小成绩，与他们不失时机的传授秘诀密不可分。三位老师的三句话，看似平淡，实则平淡中见真情。它体现出的是一种人格魅力，足以让我受益终生。我无以报答，谨以此文致谢恩师，并由衷地祝愿天下更多的年轻朋友都能有机会得到更多良师益友的帮助和提携。

学无止境

最近，陆续收到了三位知名地理特级教师的赠书，让我觅得很好的学习机会。这些天，认真拜读之后，不由得感慨万分，往事历历在目。三位亦师亦友的同行的切实作为，让我感受到榜样的无穷力量。事实上，三位老师的教育主张也在很大程度上教育和影响了我。

一、追求理论与实践的完美结合

这是陈胜庆老师新著的书名。言为心声，兼有长期大学教育和中学教育经历的陈老师，行走于专业和管理两端，挟理论与实践结合之优，一路走过，用行动和事实表明，他是一位成功者。

当年，我还在读大学时，就知陈老师在乡土地理领域的研究和实践方面卓有成就，一度在全国产生了重要影响，还出版过专著。我工作后，他已调任华东师范大学二附中，业务与管理双肩挑，不仅在管理中践行理论与实践的结合，在地理教育方面同样硕果累累。我注意到，他在学术研究方面成果颇丰，其研究工作最大特点是来自中学教育、服务于中学教育，堪称理论与实践结合之典范。在这本著作中，我感觉他的研究领域不仅涉及地理教育、学校管理层面，而且在课程开发、教材编写、科技创新、教师培训等崭新领域都有所探索，并形成了话语权。可见陈老师的基础之实和功底之深。

有一次，当我请教他如鱼得水的作为和取得的成绩时，他淡然一笑，说这应归功于在华师大七年的潜心求学，以及包括褚绍唐教授在内的大家的指导、示范、榜样和浸润，当然也得益于他自己乐观的处事态度，无论在大学还是中学，他对于教育工作始终是乐在其中。他说，他很庆幸能在华东师大及其附属中学之间游弋，让他看到了中学教师们丰富的教学实践和大学教授们深邃的理性思考。

华师大二附中何晓文校长对他的评价，可谓恰如其分：他是一位儒雅而大气的领导，有文人风、学者气；他勇于创新，并善于以学者的敏感，以及对大势的把握，投入到对学校和业务的思考和具体工作推进中。

如今，我也有机会担任了学校管理的工作。陈老师每次见到我，总不忘提醒：教学和管理双肩挑不容易，但如果能做好自我设计与科学统筹，借助名校这个强有力的实践平台，你同样可以在自己成功的同时，引领学校发展并让更多同事一起进步。

看得出，担任过华师大二附中副校长兼张江中学校长，同时兼备特级教师、教授头衔的陈老师，对于我这个晚辈的殷殷之情和满怀期待。

二、让教学充满智慧

《让教学充满智慧》是天津地理特级教师杨玉东的新著，书名振聋发聩，读来充满哲理，感觉是在与智者面对面交流一般。

认识杨玉东先生，是在2000年。那时，我被推荐参加了国家级骨干教师培训班，历时一年多。杨老师正是培训班上我最佩服的一位大哥。之所以说佩服，是因为与他交流总是在探讨学术问题，而且每次都感觉收获良多。渐渐地，你来我往，建立了非同一般的友谊。客观而言，我们多谈论如何办好教育的问题，而不是地理方面的教育。他主张推进素质教育的理念，与我不谋而合。为此，他在不断研究教育、教师和学生，期待探索出更有效的教育。那时，他和我都是学校的科研骨干，所以科研意识比较强。在之后多年的交往中，我们相互联系，合作了不少项目，也取得过一些成绩。他调到天津工作后，继续他的研究，并开始关注思维教学，强调让教学充满智慧。我从他书的字里行间中读出了他的执着与积极作为。正如该书前言所述，“教育最重要的目标就是引导学生的思维，这也是教育最令人欢欣的核心目标”。客观而言，我在叫好的同时，更多了些许担忧。因为目前大家囿于应试教育，普遍看重分数，启迪学生的思维在不少课堂上成为摆设或标签，有效实践者寥寥无几。

我之所以支持杨老师的这个教育主张，一是在警醒自己勇于践行，同时也是呼吁大家努力参与，以期壮大我们教育理想的实践队伍，加强我们切实作为的信心。一个人的力量有限，但只要多一个人加入，便多了一份成功的可能，谁敢说不是呢？

期待杨老师和我们都能像驾船出航的水手，瞄准目标，奋力前行，全速驶向成功的彼岸！

三、没有图像教学的课不能算是一堂好的地理课

这是我读了郑伟大老师新作《道听“图”说——高中地理学科中

的图像教学》后的体会。图像，是有形无声的语言。教育家乌申斯基如此评价：把图片带进教室就是哑巴也会说话了！地理作为一门特别的学科，图像堪称第二语言。因为其重要性，故有“左图右书”之说。它道明了图像对于教学的作用。地理图像，蕴含着非常丰富多元的知识信息和自然原理，的确是我们认识世界的有利工具。图像是地理有效教学中不可缺少也是无法替代的工具。恰到好处地使用图像，是提高课堂教学效率的关键之一。所以说，没有图像教学的课不能算是一堂好的地理课。

写到此处，我不由得想起了郑老师，他同样是我2000年参加国家级骨干教师培训时认识的。那时，他担任我们地理班支书，也是学员中的老大。而我则是培训班里年龄最小的，因为地域上我们还算彼此靠近，加上他本人之前对我也有所了解，所以我们不久便成为好友。郑老师是一位校长，也是一位特级教师，所以，在浙江教育界他是个有影响力的人物。郑老师认为课堂教学有效性是关键，而突破口就放在了图像教学上。他说，为了让更多的教师参与其中，他率先成立了工作室，带领成员确定课题，开始了试点。由于找准了突破口和着眼点，不少教师因此尝到了甜头。于是，大家合力行动，从怎样使用好图像，更好地为地理教学服务，到不走寻常路，挑战自我，对地理图像进行科学分类，对地理图像教学功能进行开发整合，再到地理图像教学的基本策略的制订等，花了大量精力，经过长达十年的实践、论证和反复推敲，终于取得了显著的成效。郑老师带领团队把实践经验进行总结提升，于是，有了这本不算厚但很有分量的专业“宝典”。

要说我喜欢这本书，不仅因为本人对于图像教学有着同样的态度与热情，更在于郑老师工作室的身体力行，为更多地理同行提供了一个借助图像学习地理的新视角。在图像的教与学中感受到地理知识的奇趣与美妙，从而实质性地助推了地理教学，让老师们教得更在理、自然，也让学生们学得更有益、有效。

三位特级教师，一个在上海，一个在天津，一个则在浙江。他们虽然地域不同，却都执着于教育的理想，不断找寻问题，专注研究；他们虽然临近退休或已退居二线，却未曾停下过教改和创新实践的脚步。他们不仅踩准了节拍，更热衷于行动。三人行，必有我师焉！三位兄长也是我的领路人，他们用思想点燃生命，用智慧照亮人生的高尚境界，他们踏实、低调和关注基础教育改革的实践引领示范，必将激励我在践行教育理想之路上轻装上阵，潜心研修，博学静思，披荆斩棘！

我的退稿100斤
——张大文印象

前不久，斗胆呈拙作《旅途印迹》请大文老师指教。不料，张老师竟在短短一周内，认真阅读并作细致点评，还指出了书中20多个错别字。其严谨的学风与渊博的学问，实令我感到敬佩。于是，不禁想写写他。

今年79岁高龄的张大文老师，虽然鹤发苍苍，却神采奕奕，声若洪钟。不时听到有人说，他在各地演讲时，偌大的教室里，数百位学员聚精会神地聆听他讲课，都是鸦雀无声的。而在课堂上，他总是情绪激昂地说、教、争……还真有点“书生意气，挥斥方遒”之味。

但我深知，这是他最幸福的时刻。

张老师留给我的第一印象是他那仄仄的、耿耿的头颈，不多但切中要害的言语。他的目光中闪烁着坚毅和睿智。他专注于语文教学，心无旁骛！

曾听人说，在“文化大革命”开始时，他就被打成“反动学术权威”。不懂事的红卫兵批斗他，甚至施以拳脚，令其下跪，给他戴上高帽，高喊“打倒张大文”。但他誓死不跪，誓死不从，因而吃足了苦头。而第二天，趁着课间操时间，他竟然一跃跳上领操台，激昂地演说道：“今天，我在中央人民广播电台联播节目里听到了人民日报社论《要文斗，不要武斗》。武斗只能触及皮肉，不能触及灵魂……”他的神情、言辞一如当年闻一多的最后一次讲演！从此，无人敢惹他！

张老师是在1990年代评上特级教师的，曾任全国中语会副会长，华东师大、华中师大兼职教授。21世纪初，他退而不休，还在复旦附中上课。他几十年如一日，孜孜不倦地钻研和探索，寻找语文教学的科学规律，并以文字归纳、总结、提升。那100斤退稿，正是他尝试和探索的一部分。而《中学语文教学体系创新》《语感教学新论》《文体沟通》等六七百万见诸报刊的作品，则是他的丰硕成果。他的语文教学理论，是有突破和创新的。他提出，语文教学就应研究：这样的语言文字表达了怎样的思想感情；这样的思想感情为何要用这样的语言文字而不用那样的语言文字来表达。即“语言——思想——语言”。这在国内是率先总结提出的语文教学理念，在东南亚还被誉为“张氏教学律”。在此语文教学规律指导下，最有成效的是语感训练，使学生获得快速有效的语言感悟。

“张氏教学律”来之不易，正如他攀登泰山一般。张老师登泰山，与其说是去游览，不如说是考察。“一跨一级，逢十扳一指，逢百画一笔”，一丝不苟得出结论：登泰山至岱宗坊，连同去经石峪的石级，一共6926级。从而对清人姚鼐在《登泰山记》里所说的泰山石级“七千有余”的含糊结论作出了明确说明。这是学者的较真、专家的坚韧！

张老师从教50多年，学习50多年。为搜集鲁迅先生的所有文章，他利用寒暑假淘旧书摊；他甚至冒着炎热，穿着“防蚊靴”，埋头抄写《鲁迅全集》中尚未收集到的作品；他为自己立下规矩：一个月读一本好书，并且写好笔记。他从教50多年，对教材该是烂熟于心、得心应手了吧！但他却并不以为然，只要上课，就认认真真写新教案。他说，人一天天老去，教案却始终是一个个新生婴儿。正是在这样不断的“否定之否定”中，他的教学水平在不间断地螺旋式地上升。

张老师是有坏脾气的。若见到学生不负责任、弄虚作假，有时会不顾脸面，甚至不讲方式地予以训斥，有时还会让学生感到委屈。但他还是把学生称同学，与学生交朋友。寒暑假他带领学生过语文生活，师生互相通信。寒假一封、暑假两封，皆手写。这样的朋友，至今仍保持联系的数以百计。

在张老师执教的1993、1996、1999三届学生中，高考成绩连续取得全市第一。那时，有一个他教的委托班（高中录取分数低于正常录取分数线），语文平均分竟然超过一个正式班的平均分。学生走出考场，情不自禁地高呼：“张大文万岁！”大文知道后，十分淡然地说：这无非是我们对语文的理解符合了语文学习的规律，平时思考在点子上，而且化成了操作的能力。

写到此处，我突然明白了这两个数字的含义：这100斤退稿为大文老师创建宏伟的教学学说奠定了扎实基础；而泰山6926级台阶就是大文老师教学苦旅的坚实步履。

亦师亦友黄玉峰

与玉峰兄相识是缘分，与玉峰兄相知是福分。相识相知，几度春秋。自 1967 年从教以来，黄玉峰始终耕耘在教学第一线。他一贯强调个性化教学，强调“爱的教育”；十分注重培养和保护学生独立的精神和自由的思想，把学会读书、学会作文、做“真的人”作为培养目标。

作为同事，我一直想写写黄玉峰，却不知从何写起。那天，读到《文汇报》上他的一篇文章《一棵树》，觉得算是找到了题材，急欲一吐为快。黄老师在 40 多年的教学生涯中，自豪地称自己是一棵树。这位在特别的年代里曾经“低下过高贵的头，屈下过尊严的膝，弯下过男子汉的腰”的探索者，认为他忠实地履行了“不跪着教书”的诺言。

20 年前，刚入复旦附中不久的我，便能时常见到一位休息日还总在学校忙碌的老师，他就是黄玉峰。从同事的言谈中，我逐渐了解到他的一些情况。无数次的见面寒暄交流，又深知那是一位勤奋又富有思想和事业心的长者，他在中学语文教学中的实践，充满了人文情怀和道德理念，他的“大语文教学观”同样刺激了人们对基础语文教学状况的深刻反思。他一直认为语文不仅仅是工具，更是一种由内而外的素质素养。这种思想，也在无数次的激情演讲中越来越为人所熟知和理解。

黄老师上课幽默，谈吐自如又不乏激情。在他看来，语文教师要有通古知今的本事，要能写擅画健谈。而他正是这样一位全才。无怪乎学生被他的课所感动，所折服，所倾倒。而他更愿意通过其煽情和执着，激发学生的语文意识，碰撞青年的思想火花，鼓励学生读好书做好人，做独立思考的大写之人。黄老师认为，思想是行为的先导，有什么样的教育思想，便产生什么样的教育。以分数为本，忽视对人的教育，培养的是一些人格不健全的高分低能儿，为社会发展要求所不容。在他的影响下，质疑成为学生发展的自我追求，做人成为学生迈向新高的内在需要。玉峰爱书，他的学生就是在这个“书为媒”的和谐环境中汲取着养分成长成材。

有人认为，黄老师的语文课，是立体的，而非平面的；是开放的，而非封闭的；是多元的，而非单一的；是灵动的，而非呆滞的。他的课，让学生享受着从未有过的心灵快乐和思想自由。在他的课上，大量的时间是阅读、诵读、练笔、活动，背诵名篇佳文。这种明显带有“旧传统”语文教学痕迹的风格，他称之为返璞归真。并特别就背诵问题，阐述了他经过深思熟虑后得出的令人信服的独到见解。他在《还我琅琅书声》一文中说，几乎所有的人都不负责任地批评“死记硬背”。其实，人们所批评的“死记硬背”，就是“吟诵法”，就是“熟读成诵”。殊不知，在这样的“课堂”上，师生“如切如磋，如琢如磨”，亦师亦友。

玉峰先生奉行语文教改服务于学生成长发展的全程和终身的理念，主张给学生以灵魂的滋养，突出体现语文教育“人文关怀”的特质。

浏览他给学生开出的书目，细读他主导的班级刊物《读书做人》，观察他所教学生展示出的厚实的“精神的底气”和“文化的底气”，使我们欣喜地体味到语文教育的真谛，认识到它是培养一个民族文化意识和文化精神的必要途径。

确实，玉峰所带班级学生的“人的精神的成长”是显而易见的。对此，北大钱理群教授在给玉峰的信中说：“读了《读书做人》上的文章，仿佛看见了那些开始学会用自己的眼睛来读书、看世界的年轻人，他们实在是太可爱了，他们身上的潜能实在是无穷无尽的。我从来以为，教育的根本目的是将人的潜在的想象力、创造力、美好的人性因子发掘出来，加以培育、升华。而你们正是成功地做到了这一点。”

读过黄老师文章的人，都有此种感觉：文如其人。无论学术论文还是生活漫笔，不仅言之有物，更有一种手到擒来的自如和潇洒，文字激昂却又引经据典。可以说，我最初的写作冲动，多少受着他的影响，以至于文章的字里行间总流露着一些对教育的思考与忧虑。

黄老师不仅影响着我努力实践自己的人生目标，更在影响着语文教师们。他可谓墙内开花墙外香。校门口，经常看到他接待慕名而来的各地语文教师。观摩课和研讨活动，对他来说是家常便饭。他总是凭借真诚与智慧，赢得同行的支持和信赖。不难想象，他的课一定不是那种预设好的，而是就地取材、功到自然成的那种。这符合他的个性和学术主张，否则就不是黄玉峰。当我有机会与外地学者交流时，很多老师会向我打听他，表示认同其教育观。只是他们也承认，自己的身份不宜于参与争鸣。而黄玉峰敢说敢为，这出于他对语文教育的热爱和深沉的思考，是责任使然，如今，新课程改革中的语文教学似乎已有他倡导的那种味了，这一点应归功于他的坚持。

林清玄说，所谓“成功”的人，就是今天比昨天更有智慧、更悲悯、更宽容，更懂得生活、关怀和真爱的人。脸上挂满笑容的黄玉峰，便是这样一位成功者，一位大家。

情到深处是执着

某日，我在二楼教师阅览室看书，无意中翻阅《语文教学通讯》，在“开卷”栏目上看到有一篇文章《生命本来没有名字》，署名黄荣华。读来感觉真诚、质朴、富诗意、有哲理，一如其为人。这使我对黄老师——这位长期坚持从“生命体验”与“人的发现”角度，引导学生阅读与写作，以期解放、激发、唤醒学生的生命力，促进学生的精神成长，逐步形成了“生命体验”和“文化贯通”相融相生的教学特色的实践者——有了更多的了解和认识，对他达到的语文教育境界更加佩服。

工作之初，黄老师偏爱语法教学，之后转入“知识点教学”。但随着“语文性质观”讨论的深入，特别是在阅读了于漪老师关于语文性质阐释的系列文章和黄玉峰的教育事例后，根据学生语文成长的内在需求，他确定了语文课堂的落脚点——以语言文字为切入口，读懂文字背后的“生命意识”与“文化意义”，促进学生文化生命的发展。黄老师一次次勇敢而坚决地自我否定，不断调整和发展自己对语文教育的理解和实践，这背后是他对语文教学一以贯之的专情。他致力于探索语文的内核、语文的本质，为学生生命成长提供最需要的养料。为此，黄老师坚持在课堂开展“生命体验”和“文化贯通”教学的探索，引导学生在生命意识的体验和文化意义的融汇中走进语文的腹地。他认为，语文理应拥有浓浓的人情与人性。

据我所知，新生入学，黄老师总要给他们布置“9 月 × 日这天”

的作文题。“这天”非9月1日，非9月10日，也非中秋节，无标识性。学生拿着此题会感受到很强的冲击力，因为习惯的思路与想法在这个题目面前失效了。这种命题需要学生从一个平常的日子中发现自己生命的印记，思考生命的意义。这其实也是提醒学生，进入高中后，许多东西需要他们重新审视。黄老师要用这样的题目，开启他的学生高中生活新篇章。

循着此思路，黄老师关注着学生发展，常把学生生命成长过程中遇到的一些关键点拎出来，设计成作文题，如此三年就构成了促进学生生命发展的独特的写作系列化过程。黄老师非常重视作文教学的这种“过程”，密切关注学生三年写作过程参与的热度、深度和完整度，以及由此表现出来的情感与思想高度。

黄老师发现，学生阅读时体味不到文章之美，写作时写不出性灵之作，主因之一就是其感受不到汉语背后深厚的文化。2001年，他发表《全球化时代汉语诗性特征的价值想象》一文，指出“反省一百年的汉语教学，重新确立既符合本民族发展需要又有利于世界共享的汉语教学的文化体系，应当是目前语文教学改革的重要的议题之一”。

要有文化贯通，先要有文化积累。为强化学生的文化积累，从2000年始，他将《论语》与《古文观止》融合到课堂教学中。他认为中国人的文化生命形式主要是《论语》的文化生命形式，而《古文观止》的文化生命形式也基本上是《论语》的文化生命形式。光有中国文化积累还不够，黄老师认为，高中生对外国尤其是西方文化也要有所积累。东西交融，东西参照，东西互释，这是黄老师期待学生具有的“文化贯通”能力。他以《苏菲的世界》为切入口，以“人的发现”为线索，推荐学生阅读西方文学、文化读本。为此，他还积极推进“著名中学师生推荐书系”外国文化读本部分的编辑出版。

体验生命之“情”，融汇文化之“思”。他认为，“教育就是对生命进行文化约束的同时，唤醒、解放其生命力，故对生命具有约束与解放的双重意义，语文教育本质正在于此”。黄老师不愿迎合讨好学生的“需要”，他践行鲁迅先生“不能用秕谷饲养青年”的原则，不把对学生生命发展无意义的东西带入课堂。他说：“老师和学生在人格上是平等的，但在你所任学科的学识上是不平等的。”他以文化约束为基础，唤醒、解放学生的文化生命力和表现力。

这里我想强调的是，黄老师对语文教育的深情与深思，是“朴素实在地播撒在教学的全过程”中的。并非全部的学生都能在当时就明白黄老师的良苦用心，也有同行对其做法持怀疑态度。但他认准了，一如既往地坚持着。鉴于此，他领衔并主创实践多年的《阅读“中国人”书写“中国人”——彰显语文教育人文性的实践研究》教学成果获 2014 年上海市级教学成果特等奖、国家级教学成果一等奖，也便在情理之中了。

至此，我又想，黄老师把杜甫的诗讲得那样具有生命力和文化性，对杜甫的诗歌创作可谓有着全面的了解与独到的认识。更重要的是，黄老师在生命体验与文化贯通中，真正触摸到了这个孤独而伟大的灵魂。

创新教育路上的同行人

在指导学生研究性学习领域，我有两位交情甚笃之友，皆是上海年轻的生物特级教师，他们是博士或在读博士，都担任或担任过示范性高中副校长，有着长期义务指导学生研究性学习和探究活动的经历。

应该说，在教育关注创新素养培育的今天，两位特级教师的有效作为，确实为基础教育带来了创新亮点。

一、张治：最年轻的生物特级教师，最执着的创新探索者

1997年毕业于华东师范大学生物系的张治，现在业余攻读博士学位。从教期间，他钻研教学，聚焦创新，走不凡路，因绩效显著，2006年被破格评为高级教师，2009年获评上海市特级教师，后成为美国East-West Center访问学者。张治是全市生物教育教学领域和研究型课程教学领域的专家，目前兼任上海市第三期生物名师培养基地主持人、华东师大研究生院教育硕导、哈佛大学教育学院研究生院“为了理解的教育”特聘导师，为上海市动物学会、生物学教学会理事等，曾8次参加高考命题工作。

作为挚友，通过他的著作《课题研究在中学——从研究性学习到创新大赛的探索与实践》，我深知张治在专业教育方面的锐意有为，不仅取决于个人的努力，还同他与英特尔结缘密切相关，他总说：“钱学森之问是让中国教育界汗颜之问，而英特尔行动却给了我们极好的启示。”

1. 执教之初的华丽转身

人生的道路漫长，然而，关键的往往只有几步，尤其是在年轻时。说起这句话，无人不晓，而张治则尤能体会这紧要关头的几步的意义。

张治于2000年9月有幸参加了第二批英特尔未来教育项目，他说，回望自己尚不算长的教学生涯，一路的快速成长与颇丰收获，皆源于此次培训的自觉推动。由此他完成了执教之初的华丽转身，新教师破茧成蝶，遂成长为屈指可数的学科专家。那时，张治才工作三年，大学教育传授给他学科专业知识和传统的教学方法，而教育理念与教育发展的深层问题却尚未涉及；此时，英特尔未来教育培训在探索人才

培养路径方面扮演了领航者的角色，以一种让张治印象深刻的方式，帮助他建立起全新的教与学模式及教育理念。

那次未来教育培训，令张治终生难忘，“因为它与传统培训方式截然不同”。英特尔没有采取“讲课+记笔记”方式开展培训，而是通过“参与、讨论、体验、实践”方式，让教师置身其中，全方位体会、吸收培训内容，很自然地将培训内容变成生活习惯和工作方式的一部分。他认为，创新的本质是独立个性的培育，正是短短数日的培训，使他重构起了教育理想、教育理念，更新了教学方法，更让他把目光聚焦于教育技术信息化与自己学科整合的方向，开始“宁静、认真地做好该做的事”。2001年，张治作为全市“英特尔未来教育项目”优秀学员代表，参加了全国代表交流会，作了题为“一次全新概念的教师培训”的发言，后得以发表。

此后，上海基础教育开始大力推进创新教育，试图为努力培养一大批拔尖创新人才奠定基础。正因为那次培训，张治得以在教学之初，“没有被外在的、功利性的势力所左右”，对未来创新教育有较为深刻的思考，并自觉将着眼于未来的创新教育的理念与方法运用于实践之中，而日积月累的实践也不断确证了最初认定的方向。正确的方向和点滴的积累，使得涓涓细流汇成江海，张治的教学和研究实现了跨越式发展，遂成为上海市最年轻的特级教师。

2.“钱学森之问”的行动回应

张治在梦想之路上继续前行，他对于教育创新有着极强的洞察力和预见性。人生如蜕，一切由自己把握。但对于张治，英特尔在其成长中无疑充当了他美丽梦想的编织者。教学之余，张治常想，英特尔作为非教育为主业的公司，却如此持久地在做着众多教育领域的事情——传播先进的教育方法，广施前瞻的教育理念，不厌其烦地坚持做“分外之事”，这让人感动也让人疑惑：是何信念，在支撑他们如此坚定前行呢？“钱学森之问”与英特尔矢志教育的作为看似两个不同角度的疑点，却终交汇于一处，并迸发出火花。

在张治看来，英特尔众多的教育项目，如隐形课堂，吸引无数师生参与其中，在社会上产生广泛影响。参加课程的人，无论以何方式，都获得了科学的学习方法，提高了自身的认知水平，甚至改变了思维方式与生活方式。他自觉浸润其中，“不求全解，但求获得灵感”，尤其关注项目所蕴含的思考轨迹和思维方式。

包括英特尔的员工，也同样有许多人以志愿者的形式，参与到培训中来。他们利用休息日，深入学校社区培养学生的专业知识、商业思维方式及积极向上的价值观。他们不问收益，但求分享的精神令人感动。这些员工中的大多数并非教育上的专业人才，然而对教育极其关注，见地也非常深刻，他们已成为教育创新无形但深远的推动力。感慨于英特尔对教育创新与人才培养的执着追求与深刻理解，张治老师对通过教与学改革，推动培养人才的领悟也一直在深化。他认为，教育不能急功近利，大师更不能一蹴而就，只要按照此理念踏实践行，坚持不懈，定会找到钱先生之问的答案。他觉得，绝大多数杰出的创新人才 20 岁出头就已崭露头角，因此，在中学阶段发现和培养科学创新的苗子尤为重要。于是，他结合自己的兴趣爱好及培训所得，结合学校发展实际，积极探索与开展学生的研究性学习和课题探究活动，功夫不负有心人，他的尝试不仅符合教育改革实际，更是踩准了创新教育的节拍，自然硕果累累。比如，他曾指导学生开展项目研究获包括 Intel 国际科学与工程大奖赛（ISEF）在内的国际 11 项奖，上海市级以上等第奖 70 余项等，已连续四届担任全国青少年科技创新大赛英才奖评委。代表著作还有《生命科学探究技能拓展》等，并获发明专利2项，实用新型专利30余项，主持开发了研究型课程教育专家系统软件一套，在全市乃至全国创新教育界具一定影响力。

受张治潜移默化影响的女儿，也走上了探究之路，预备年级时，她买来了蚂蚁工坊，通过几个月不间断的实验观察积累了第一手素材，最后完成了《蚂蚁的葬礼——日本弓背蚁处理尸体方式的探索》小项目的探究。张治认为，女儿在学习的过程中，主动寻找并发现可以用科学方法来研究的小问题，像科学家一样把真实情境中的问题作为一个项目进行探究，这样的经历能让孩子更好地理解和应用所习科学知识、掌握科学研究方法，更为深入地理解科学技术的本质。

如今，顺利实现跨越的张治仍耕耘于教育一线，任上海市电化教育馆领导。一路走来，伴随着实践经验的丰富与思考的日益成熟，他更为坚定地贯彻着面向未来培育创新人才的教育理念。我坚信，秉持此理念，张治将在用实际行动回答“钱学森之问”的道路上，愈走愈坚定，他的人生之路，定会越行越宽广。

二、娄维义：从科创金牌教练到创新大赛评委

娄维义2011年获评上海市特级教师。他执教华师大二附中生命科学，任ISEF大赛指导教师，曾任2004届全国理科班班主任、首届科技创新班班主任。现任华东师大二附中科技首席教师、副校长，上海市动物学会理事，华东师大专业学位硕导。多年来聚焦中学生课题研究指导，曾指导5位学生在ISEF中获奖，2名学生获小行星命名。个人获中国科协“全国十佳优秀科技教师”“全国优秀科技工作者”称号，获斯坦福大学工学院“特曼奖”等荣誉。主持过市级科研课题，代表作有《基于问题研究的创新教育》等。

1. 学习与培训乃走向成功的捷径

娄维义攻读生物学硕士、博士期间，深刻感知到自身研究能力、

创新思维、发散思维等能力的提升单纯通过说教是无法完成的，只能亲身实践中去感受、体悟。所以，娄老师在生物教学中认为培养学生的创新精神，必须让学生有这样的机会、有这样的平台尝试着去创新，他认为，课堂上研究是一种模拟研究，而他所追寻的是让学生在生活中寻找和发现真正的问题，这是上位的，这样才能培养学生的问题意识，而不仅仅是解决问题。

教学之余，娄老师参加过不少教师培训，包括赴洛克菲勒大学进行为期两个月的科研培训，对于那次培训他印象深刻，感悟颇深。洛克菲勒大学是专门从事生物医学研究的研究型大学，至今已涌现23名诺奖获得者。他有幸带学生参加了在该校举行的中学生培训项目，该项目在美已走过20多个年头，且已形成了一套对优秀学生创新教育的示范模式。那年，他和学生浸润于一流大学实验室里，与教授共同研究，感受着研究过程、创新文化和科学伦理。在浓厚的科研氛围中，他和同学好奇心得到满足，不仅学会了科研一般流程，还产生了浓厚的科研兴趣，此等经历甚至影响着他们的生涯规划。培训深深影响了娄老师教学特色的发展，不断深化了其对生物教学的理解及实践。

2. 让教学富含创新元素

我至今还记忆犹新的是，在2010年世博会期间，娄维义自告奋勇，与不同专业的教师，包括全国教书育人楷模于漪、上海师大教授舒运国等，亲临世博场馆讲授精彩的“世博一课”。

在我看来，娄维义老师生物教学的最大特点和亮点在于“善于寻找并提供资源以帮助学生体验科学家的学习方式”，即“让学生在问题研究中学习研究，在尝试创新中学习创新”。他认为，教育不只是一种建构，而是一种生成，教师要努力为学生创设特殊的环境，让学生在真实且具有要素意义的“文化场境”中，在“境遇”之中体验、领悟，从而形成有效的自我超越。为此，他提出了“基于问题研究的创新教育模式”。经多年探索，娄维义将生物课堂教学分为三步：提出问题、研究问题和引出新问题。整个过程以问题研究为主线，而非单纯得出结论，目的在于培养学生的创新意识。第一步所提出的问题的特点旨在：相对开放、接近现实生活、思维跨度较小，能够让学生在已有生活经验世界里产生共鸣，激发学生的探究欲望。第二步是师生共同进行问题研究，此过程表现为学生在老师的鼓励下大胆提出假设，通过推理或实验设置来进行科学论证。问题的研究通常在理论的逻辑推导上、材料的选择上、研究方法上、实验设置的细节上使思维发生碰撞，在碰撞中产生灵感，达成有效解决问题的方法和途径。在以问题研究为核心的课堂教学中学生要参与研究共同思考，教师成为学习活动的促进者，作用在于引导、协调、鼓励和反馈、支持小组的互动。第三步是启发学生引发新问题。

娄维义深知科学研究的重要性，为此，坚持在教学中渗透研究性学习，以心智启发心智，以平台拓展平台，以兴趣激发兴趣，鼓励学生进行一定的项目或课题探究活动，是他认为生物学科之生命所在，为此，他乐此不疲，经过实践，他最终将学生的课题研究分为三步：选题立题、实施课题、交流课题。强调学生在生活中自主选题，学生自主设计方案并进行验证、自主撰写论文，教师的作用在于启发、引导、鼓励，教师在指导中与学生共同成长。近十年，他先后指导的学生课题超过 50 项，分属于动物学、环境科学、植物化学等领域，多来自日常生活中的问题。通过小课题研究培养学生的问题意识，在研究中培养学生创新意识，在对话中培养学生交流表达能力。

娄维义认为：这个世界唯一不变的就是“变”，所以创新是一个永恒的主题，创新人才的培育无疑也是一个永恒的主题，然而，创新人才培养模式却无法成为永恒，它“没有最好，只有更好”，而他长期实践并推崇的这种融入式的创新教育方式，把立德树人的理念融入到课堂教学、课题研究和科技活动的教育过程中，如此“使学生获得的不仅是知识，更是智慧、德行和素养”。

3. 成功源于学校管理制度的助推

“天赋万物，各有其才”，娄老师也认为，创新教育要通过教育创新来实现，而教育创新和教师的成长同样需要土壤和环境。在他看来，华二是教师成长的沃土，在长期发展过程中，制定了诸多有助于教师专业发展的制度。娄老师认为合理适切的制度对教师的成长和发展具重要意义。比如，华二制定的“首席教师”的制度极大地促进了教师的主动性和积极性，因为这种制度是打破单一行政领导权威进而树立“学术第一，研究第一”发展理念的保障。为更好地促进特色教师、研究型教师的成长，学校支持并组建学习研究共同体，在共同体中，教师针对在指导学生做研究中出现的一些共性问题畅所欲言、分享智慧、共同进步。同时，学校不断完善特色教师评价制度，改变以往将学生成绩作为评价教师业绩主要指标的做法，构建新型教师评价制度，将学生的研究成果、获奖情况也纳入到教师评价体系中。这种评价制度使得教师能将更多的精力投入到促进学生创造能力、研究能力提高的工作中，而学生创造能力、实践能力、探究能力的培养恰是未来教育教学的方向。

当今社会，教育创新和创新教育同样大有可为、大有作为，但基础教育的持续发展，需要我们不断主动地思考教育本身的内涵，而广大教师责任重大。为此，我们需要从能够改变之处做起，从时代对于未来创新社会、卓越人才的新要求出发，将国家课程、地方课程与学校课程进行统整，通过有效课程、有效课堂和有效作业的建设和推进，努力给学生更宽广的教育，进而夯实学生整体素质和持续发展的基础（比如：人文素养、科学精神、追求卓越、自主学习、探究品质、国际视野、现代意识……）。教师更要身体力行，以人格魅力激活学生的心灵，以学术造诣开启学生的智慧之门。

想起了那些年的暑假

半月前，在飞往云南大理的航班上，翻阅当期的《东方航空》杂志，有关“孩子如何过暑假”的专题报道占了很大篇幅。浏览了一会儿，忽然间也就怀念起自己读书时那些美好的暑假时光。的确，那时的我们学业压力不大，中学时的暑假确实很充实。

光阴荏苒，即便是离开学校多年的人，一谈及暑假，依然会浮想联翩。说真的，我还真怀念少年暑假的那些日子。与我们的孩子相比，70 后一代的暑假生活似乎是最幸福的。那时作业不多，没有兴趣班、补习班，有大量的时间可以玩，可谓典型的“玩乐团”。记忆里的暑假生活，于我而言，无疑是自由的、愉悦的、丰富的。

暑假的日子是慵懒的，早上可以睡到自然醒，晚上可以困意十足了才极不情愿丢下手头的事情走向梦乡。不管白天还是黑夜，困了累了即可睡上一觉，或倚在椅子上小憩，或躺在大床上惬意入眠。

通常，上午睡到自然醒后，是自己的作业时间。而午饭后酷热难当，热得门前树上知了的聒噪声绵延不断。在我的记忆里，天气的炎热，让以勤劳著称的母亲也不敢下地而安心午睡。

而我们这些孩子则讨厌午睡，总想着法儿折腾出一些事来。那时方圆 200 米内，与我同龄的有 10 来个伙伴。这 10 来个男女伙伴聚在一起，“活动”可就太精彩了！到蔬菜田里摘熟透的西红柿，到张家后院打压弯树枝的白枣，翻入小学的围墙钻进教室去打闹，三五成群聚在邻居家的那片竹林子里打牌。

最有意思的当是 3 点以后，我们会到西侧的河浜里无拘无束地游泳。那种“游泳”毫无章法可言，不教而会。男孩、女孩都一样，往往穿着短裤汗衫下水。有时，顺便就在河里摸虾、摸螺蛳河蚌。午后的河浜里，时有河虾呆呆栖息着，石缝里、水草边、树荫下，一逮一个准，一个时辰通常能摸上一碗。晚上放点酱油红烧了吃，鲜得我现在都难忘。摸河蚌也可谓一件技术活，不用手摸，全靠脚感。双脚在滑溜溜的河泥里摸索，碰到硬硬的再用手去挖。有时候，辛苦挖出来的也会是一个形似河蚌的石头，或者一个没有内容的死蚌。失败次数的多寡，全跟感觉和经验有关。但一两个小时，总能摸到半盆或一盆螺蛳河蚌。回去再养个半天，第二天的丰盛美味也就有了保证。

傍晚，也是左邻右舍孩子们比试的时刻。通常，大家会把门前空地清扫一次，有时还会在地上洒上一些水，以便于降温及晚上乘凉。于是，小伙伴们便要比谁扫得干净、谁扫得快。之后，我们便可无忧无虑寻找属于自己的乘凉方式了。最常见的还是几个孩子一人躺两个条凳或者门板，海阔天空地吹牛、讲故事。夜风或大或小地吹拂着，扫去一天的疲惫和喧闹；夜色无羁无绊地弥漫着，任由我们躺着还是坐着。那时的夜空很清澈：视力所及处满天星星，牛郎星、织女星、北斗七星，清晰可辨。夜空深邃得让人感觉自己简直可以融进去！

我家后门口的街道有盏路灯，晚上的路灯下，也是孩子们耍乐的好地方。打弹子、扔砖头、丢沙包、打仗、滚铁环和捉迷藏等，均是常玩的项目。尤其是捉迷藏，最为有趣。周围的大小院子里，几栋房子间，甚至是鸡窝里、猪圈里，处处都留下了我们的踪迹。

伙伴们在一起玩通常是忘乎所以的。这不，初中升高一的那个暑假，记得是一天下午，七八个小朋友在姚家门前打弹子，这可是我的“特长”。玩得尽兴时，忽觉得旁边有人在轻轻拽我小耳朵。那时的我专注于打弹子，一边用手回挡，一边接着玩。最后，待我回头看时，啊，原来是班主任张老师来家访了。这可让我出了一次洋相。所幸我学习成绩优良，在日后的学习中，没有给张老师留下啥负面印象。

这里，我还要提到暑假作业。和大多数同学一样，我刚放假时会突击猛写一番，之后就弃之不顾了。留几篇作文或日记，到开学前一周再狂补一通。父母各自有工作，假期无暇顾及我。他们既不担心我们比别人少一技之长，输在起跑线上，也不操心我们无所事事，他们没有给我的人生设定目标，顶多就是督促我们，假期要结束了，老师布置的作业写完了没？这时，我和同伴们会约在一起“突击”写作业，往往一天就能“写”好几十页的作业。小升初那年，因为玩得太忘乎所以了，直到报名前才发现作业没有完成。小心翼翼地拉着母亲去学校报名，结果还是被老师痛批了一顿。为此，回家后母亲还揍了我一顿。作为惩罚，还把我关在猪圈里“反省”了半天。从此，我再也没有出现过不交作业的情况。

“池塘边的榕树上，知了在声声叫着夏天……”熟悉的《童年》唱出了暑假的快乐生活。现在想想，那个年代的暑假真的挺好打发的。哪怕是一台小小的黑白电视，或者几本小人书，甚至是几枚小子弹壳，都能玩上一整天，丝毫都不觉得累。

岁月，把我这个70后带进了不惑的岁月。偶尔忆及曾经的暑假，思绪里还会涌起一股甜甜的味道。我们充分享受过暑假的快乐，拥有过童年的幸福，而这也为个人走好将来的人生路，树立开朗乐观、积极向上的人生态度奠定了良好的基础。

水仙幽香满堂春

“凌波仙子生尘袜，水上轻盈步微月。”黄庭坚的诗意描述，道出了水仙花在文人墨客心目中的特殊位置。

如同往年，甲午马年前夕，我照例收到了好邻居兼忘年交的姜乃振老校长亲手培育的水仙花。细想起来，这是姜老师连续第四年送水仙花给我了，一股暖流不禁涌上心头。

水仙属石蒜科水仙属，系多年生草本植物。因鳞茎生得颇像洋葱、大蒜，故在六朝时称“雅蒜”，宋代称“天葱”。还有不少美名，如金盏、银台、俪兰、雅客等。水仙纯洁执着、质朴清雅的神韵，成为无数文人垂青于它的理由。

南方人对十大名花之一的水仙并不陌生。在那物资匮乏、冬季缺绿的年代，不少市民家中桌上往往会摆放一盆争妍的漳州水仙。现如今，物质条件大有改善，家中绿色植物增多。但对于许多教师而言，新春期间阳光书房的桌上一角，还是少不了水仙婀娜的身影。客观而言，我多半都是在享受花的芬芳，却没真正尝试着养过。据姜老师说，每年元旦前夕，他会亲自到花市去挑选水仙花球。然后，亲自切割，用清水浸泡两三天，并洗去黏液。他还会买来青花大瓷盆若干，然后配上或白或黑的卵石，再将四五个块茎搭配好整齐放置于瓷盆内，浇上半盆清水，于是，水仙花便安然卧于清波之中了。记得第一次听姜老师介绍，看着眼前这些貌不惊人的茎块，还真不敢相信它会开出芳香无比的花儿来。而今，我开始喜欢上水仙花。我爱它质朴古拙的花球，爱它那悠然生长起来的郁郁葱葱的叶片，更爱它那如期而至、簇然开放的花朵。

学期差不多结束时的某个傍晚，我收到姜校长短信，说饭后会顺便捎上一盆水仙花，放于小区门房，要我记得顺取。激动之余，我知道，当这几颗水仙半浸在清凌凌的水中时，它们便跟我一样，开始了一年一度的欢乐。

假期悄然而至，虽冬似春，那水仙花长得可谓茁壮。我呢，偶尔也会给它换换水。天气晴好时，把它搬到阳台茶几上晒太阳。我们所做的一切，就是见证花开时刻。然而，越是心急，等待花开的时间似乎也越漫长。

时近春节，花茎上青涩的花骨朵逐渐泛白。那天清早，妻在客厅里叫道："开花了，开花了。"我翻身而起，凑近茶几俯身细看。果然，花茎顶头的三朵花儿挺然绽放，雪白的六片花瓣，金黄的花蕊，淡香扑鼻。一朵花从两条修长的玉臂间脱颖而出，其余几枝则争先恐后吐出了灯笼模样的花蕾。一夜间，箭枝结出的花蕾盛开了。妻子侧着头看了看，摸了摸，嗅了嗅，一副怜香惜玉模样，说道："这么一点水就能长出这么漂亮芳香的花儿来，若非亲眼所见，还真不敢相信。"我深有同感，是呀，没有肥沃的土壤，没有雨露的滋润，仅凭一掬清水，水仙依然繁花似锦，留幽香于人间。

"凡心洗尽留香影，娇小冰肌玉一梭。"今年的水仙花似乎更有灵性，它静静伫立于此，竞相含苞待放。白天探头探脑，听我晨钟暮鼓。夜晚含羞低垂，罗织我的梦萦。你看，箭枝缀几朵洁白的小花，在温暖的客厅里尽情展示着它那修长、苗条和清纯的身姿。过年了，凌波仙子盛开在一片红彤彤的年景里，给家人带来融洽的盎然春意。芬芳的花香溢满厅堂，令人心旷神怡。虽然是在冬季，但水仙花对信念的追求一刻也没有停止过，它没有气馁，没有彷徨，以顽强的毅力和独特的个性为人们创造着春天。“借水开花自一奇，水沉为骨玉为肌。暗香已压酴醾倒，只比寒梅无好枝。”这首诗放在此处可谓贴切。

春节期间，寒舍先后来了几批亲友，一踏进房门，便闻到一股清冽芳香，水仙花笑迎客人。客人把鼻子凑了上前，不住地说“真香、真喜庆”。于是，煮水烹茶，围茶几而坐，大家看油绿的叶子丛中，花儿挺立。赏花品茶，氤氲袅绕的茶香伴随着水仙花的花香，立时蓬荜生辉，满室春光灿烂！

有了过去几年的经验，我深知水仙花期长短会随室温而变。于是，为使花期更长、芳香久留，我注意把室温控制在8℃—12℃之间。这样，足可保证花期长达一月。但待年过元宵，它终将谢幕，无可奈何花落去，又有谁能留住它呢？它的生命是如此短暂，心灵却是如此美丽，仅需一泓清水，却留幽香满人间。生命的意义不在于寿命之长短，而在于是否给人们留下点什么。不是吗？谢谢你，凌波仙子！

适才一时兴起，“百度”了一下水仙的相关资料，方知水仙的花语是敬意。于是，停下笔来，端起茶杯小品一口。此刻，真真切切地体会到了姜老师送我水仙之深长意味。我知道，我已爱上了水仙，爱它的淡雅、质朴、含蓄、清香。

Chapter 4 第四辑

生活的道理

重视过程

师生关系有时候更是朋友关系。比如，与学生接触时间一长，会从他们身上学到不少东西，使自己在许多方面有所长进。

由于社会大环境的复杂性和学生个体的差别，自然也会出现不谙世事、不求进取的一个群体。他们中的一些人，这也不愿做，那也不愿学，总觉得事事都没啥意思。总之，从小处说，他们可能多了一点幻想，少了一点现实；多了一些浮华，少了一些空灵。说得严重点，是缺少追求、缺少精神支柱。我们应该承认，每个人都有其个人优势。问题在于，我们在引导他们克服自卑、确立自信、克服惰性、形成良好品行方面，似乎仍缺乏足够的耐心与办法。殊不知，“有意思”“没意思”，都必须是在过程中才能体验到的，而非凭空臆断的。

十多年前，那时我曾兼任过高二（6）班的班主任。我发现班上有这样一个女孩，她不仅品学兼优，而且还有一个爱好：每个双休日会用一天时间独自外出郊游或探险。问她为何会这样做，她的回答耐人寻味：“在这过程中我发现了更多的人生真谛，这种收获促进了我的学习生活。”事实上，我们一般的人，是很难理解她的这种行为的，就像难以理解那些置生命于不顾的探险者。比如说柯受良，这位以飞越长城而闻名的特技人，后来又“飞黄”成功。一般人可能觉得他去冒险驾飞这些地方有啥意思。然而，只有他或者那些经历相似的人，才能在此过程中体验到我们常人所不能体验到的成功征服目标和超越自我极限的自豪感以及将自己的胆魄、智慧、技巧、体能充分发挥所带来的兴奋与刺激。正因为如此，他们总有新的征服目标，他们并不把我们所担忧恐惧的东西看得很重。记得电视报道中曾出现过这样一个镜头：柯受良“飞黄”前，其妻小用大拇指为其壮行。这是一种境界的写照，因为英雄无论归兮去兮，终究值得我们竖起大拇指。这也表明，我们也需要进入各自的“飞越过程”，让自己不断地行动起来，先不要过多地思考“意义之大小”，不去做过于精细的成败分析。“无限风光在过程”。过程将会激发你新的完美、充实的体验，而这种体验将点燃你曾失却的希望，让你重树自信，把你带入一个个更为积极有益的过程之中。

班上一位曾从逆境中走向成功的学生，在周记中写道：“每一个日子对我来说，都是一个充满希望的开始。因为我学会了如何投入到精彩的过程中，去捕捉机遇，去体验人生。”是的，太阳虽然每天升起，但它每天都会呈现给我们24个新的钟点。这一个个钟点，陪伴着我们生活的喜怒哀乐，一起走过。它当然也不是让我们空虚无为地消磨的，而是需要我们去积极地充实它！

本人一直认为，最好的时间永远是当下。在全社会谈论给学生“减负”问题的时候，我觉得有必要将我的这点感受写出来，千万不要因为“减负”而放松了对自己探求真理、崇尚科学、创新突破的要求。重视过程的人，往往是达到相当境界的人，这样的人生绝不平凡。

跟自己比

数年前，曾听在普通中学任教的妻说起一件事，这件事着实让我感动。读了三年高复班的女生琼，终于如愿以偿地拿到了大学本科录取通知书。这令全校师生惊讶不已，大家原本都认为越考越糟的她，绝非念大学的料。我颇觉好奇，于是拨通了她家的电话，想约她谈谈。

之后，我们安排在一家咖啡厅里见面。尽管高考后的她打扮得靓丽了些，但举止之间仍然显得纯真、朴实。就坐停当，不细作介绍，我便开门见山问道："是什么原因促使你读下去的？""仅仅是因为心中念念不忘这四个字：跟自己比！"琼一边笑着，一边随手搅拌着咖啡。看样子，她无心享受这柔和如花的灯光所带来的诗情画意。一阵沉默之后，忽然间琼甩出一句话："不容易，不容易！"说着，眼圈里湿润了许多。接着，又是一阵沉默。那一刻，我无言。是的，人生总有曲折和起落，但人也会因执着而变得伟大，所以，不要因失败而哀怨，也不要因成功而沾沾自喜。此刻，我发现自己已情不自禁地将所有的目光集中到这位从昔日失败中走出的成功者身上，行了个庄重的注目礼！是的，怎么不会呢？琼的笑靥，无法隐藏她一千多个日夜受人冷嘲热讽而不言弃的执着追求；琼的沉默，又告诉了我什么叫少年壮志不言愁的信念。对于一个十八九岁的女孩，这需要何等的毅力！所以，我认为当她最终抵达胜利的终点时，理应赢得比常人更热烈的掌声！

不用说，我们是怀着各自的心情离开这名曰"心情"的咖啡屋的。

的确，成功不是某一次的成功，而是任何时候不放弃追求下去的信念。坚信自己任何一次竞技不遗余力，总比吝啬心力要强！谁能说像琼这样具有毅力和拼劲的人，下一次获胜的良机会与她擦肩而过？！

人与人之间有心志的高低之分，人与人之间也有能力大小之分，但人生没法比成功。一个普通的清道夫和一位诺贝尔奖的获得者，他们都有成功。所以，人人都有从成功中获得快乐的机会和资格。琼就是一例明证，只是与别人不一样而已。

事实上，只要我们不停地跟自己比，不懈地追求，那么单调、枯燥的青春就会旋转成一个美丽的万花筒。当然，更不会因为旅途的疲惫而错过每一处赏心悦目的人生风景。同样，只要不断向自我挑战，那么生活这条路不但会被自己越拓越宽，而且你还会发现那名叫“成功”的终点，已经离自己越来越近。其实，成功并不是遥不可及，而是就在我们不断迈进的双足之间。

走近陌生人

人与人之间最远的距离，不是千山万水，而是心与心的距离。近在咫尺却若远在天边。

生活中，喜欢主动搭讪陌生人的并不多。这是因为每个人都有自己稳定的家、稳定的工作，有各自习惯的生活方式和环境。因此，每天我们更多的是低着头匆忙赶路。然而，无暇顾及与陌生人接触，便降下了我们与外界的“接收天线”。久而久之，难免会感到生活缺少活力，甚至会伴有一种莫名的孤独。

人总会遇到一些麻烦。每当此刻，当陌生人向你伸出援助之手，向你绽开笑脸时，你定会感到眼前豁然开朗，心中也是一片灿烂。

平时，总听到有人抱怨自己的工作环境封闭，缺乏与外界的沟通，结识的人少。可当他与陌生人擦肩而过时，或吝于一个微笑，或羞于一句问候，不是担心被人冷落而处于尴尬无奈的境地，就是怕失去稳重、矜持的自我感觉。其实，很多陌生人和你一样，心中也有一丝寂寞。如果你对他们稍微留点意，做些友好的表示，他们就会向你敞开心扉，回报你一个动人的微笑。和他们交谈，你会发现大家有着许多共同的乐趣、共同的烦恼，面临着许多共同的问题与困惑……

一位好友曾对我说，年龄越大，就越愿与陌生人交流。年轻时他对人心存戒备，但随着生活阅历的增长，他越来越体会到这样一个道理：人的联系越多越广，这世界就离我们越近。对此，我颇有同感。

独自出差，最怕寂寞。所以，寻找恰当的旅伴，常常成为我的重要任务。其实，此事亦难亦易，关键在于自己有无“走进陌生人”的勇气。前年冬，赴某市参加一个会议。在上海上车后，但见自己铺位对面一小伙正在看书，心中便不禁窃喜：旅伴年龄与自己相仿，且都爱读书，这一路当是不会寂寞了。于是，我归置完行李，便趁泡茶之机给他的杯子添点水，顺便套个“近乎”。果然，小伙连忙起身致谢。之后，我们从相识到相知，很快进入了“海阔天空”般的侃境。萍水相逢的路人竟形同至交，令漫长的旅途不再乏味。临别时，我们竟都有一种“从此天涯孤旅”般的惆怅感。萦绕于心头的那份温馨，至今仍挥之不去。两年过去了，我们成了密友。他对我的帮助，让我在事业上受益匪浅。

其实，人的一生，就是一个不断与陌生人接触的过程。一次有意无意的接触，就是一次机会。接触的成败，有时甚至能决定或改变一个人一生的命运。在与陌生人的接触交谈中，你会逐渐认识社会，增长见识，积累经验，历练人生。也许，因为一次与陌生人的接触，你找到了踏破铁鞋无觅处的爱情；也许，因为一次偶然的交谈，你获得了千载难逢的机会，拥有了一片崭新的天地；也许……

日子过得如何，其实又全在心情。善解和宽待陌生人，其实也是善待自己。朋友，何必心防高筑，相顾两茫然呢？摘下“请勿打扰”的牌子，走近陌生人，主动地跟他进行一次倾心交谈，可能会挽回一些遗憾，创造一份美丽，甚至改变一种结局。相信我，没错！

作退一步想

校长在2002年的年终总结会上曾提起一件事，细细想来颇值得回味。因为那时学校拟要扩建，需要拆除一座旧楼。小楼里住着几位退休教师，他们曾为学校发展作过贡献。因为老家在外地，学校就给他们安排了宿舍。他们住习惯了，若要动迁，或自己购房或回老家，肯定一时想不通。有迹象表明，除非学校愿意付出非常代价，否则就比较麻烦。但学校财力有限，又必须平衡方方面面，故通融的余地也不大。显然，动迁问题不会太顺利。偏偏就在年前几天，随着工程的倒计时，学校必须啃这块硬骨头了。出乎意料的是，校方和退休教师之间的沟通非常顺利，使原本棘手的事得以迅速解决，为工程如期上马赢得了时间。校长把这一峰回路转归结为“大家都退一步，为对方设想”。这是一个每次忆及都让我内心感动的故事。

由此，我想到了2000年底在世界文化遗产地——安徽西递的绣楼门额上看到的主人撰写的话“作退一步想”。主人是从商的，在一般人眼里，无商不奸，但此家却能多为客户着想。正是在如此理念的引导下，那位商人才生意红火，远近闻名，富甲一方。

“觉人之诈，不愤于言；受人之侮，不动于色。”的确，有时候，作退一步想，可能是解决问题的捷径。在物欲横流、金钱似乎万能的时代，很多时候，人们在一点既得利益面前，过于计较自身的得失，以至于欠考虑对方的难处，甚至得寸进尺，使许多不该成为问题的事情久拖未决，从而引发更深层的问题，矛盾激化。比如最近，人们非常关注的拖欠农民工劳务费问题，就是这种情况。事实上，只要发达地区的有关部门或各类企业老板们设想如果自己是农民，全家老小在年关守望着这点辛苦赚得的血汗钱来过年、生产甚至交付学费的时候，将有何感触？良心能安吗？倘若自己真有难处（事实上此假设也许并不成立），哪怕先付给民工 70%—90% 的工资，向他们表示歉意，相信民工兄弟也会谅解的。但是，媒体上屡屡报道的却是有些老板用棍棒对付讨薪的民工，甚至用刀枪威逼民工。这样的做法，实在让人感到心寒。而且这些个别老板的做法，事实上也降低了国人的国际信用。作退一步想，也许就能很妥善地解决问题，给大家赢得一个良好的工作、休息环境，也有助于增强企业的凝聚力。难道这不是一举数得吗？

我们也可以联系到普通的家庭生活。在我们身边，不少家庭中吵骂声不绝于耳。这是家庭走向不幸的诱因。“家和万事兴”。看看几十年如一日和谐家庭的生活经验，我们不难发现夫妻双方都设身处地为对方考虑，凡事把“你”放在“我”的前面，尤其在涉及具体问题时，均会礼让一番，作退一步想。

作退一步想，简简单单的几个字，却是解决问题的制胜法宝。同时，它也揭示了一条重要的处世原则：在“地球村”里，尊重并考虑他人就会和平安宁。作退一步想，可使复杂的问题简单化，使本来尔虞我诈的社会充满人情味，使原本味同嚼蜡的生活生机盎然。作退一步想，感悟越深，境界越高。朋友，无论当你身处顺境还是逆境，请都能作退一步想，因为它的后面往往就是海阔天空。

一样的热情

工作至今，一直在一所全国闻名的重点中学里任教。学校群英荟萃，涌现出一批知名的教育专家。他们言行一致的作风和从中透出的人格魅力，令我等小辈耳濡目染，受益终身。

在和这些老教师的接触中，我发现他们成功的秘诀是实事求是、始终如一，用一样的热情面对和服务所有的学生。我想说的是，当前，“面向全体学生的以创新能力和实践精神为主”的素质教育改革，其实质不就是为了让全体学生有一样的发展机会吗？看来，这些特级教师在三四十年前便开始的实践是具有相当的超前意识的。

当今社会，涌动着一股人称“浮躁、浮夸、浮华”的潜流。环顾左右，在拜金主义思想的诱惑下，有的教师违背了教师的职责和曾经的诺言，进行着充满市侩气的钻营。他们把教师工作作为自己功利目的的爬梯，把精力花在少数学生身上，而忽略了绝大多数。有些人因为培养了一个或几个优秀学生而大肆宣扬，一举成为名人后，其事例在国内不少地方的教育界还逐渐演化成了经典。而对于他们由此而令多数学生得不到应有发展的责任，却无人追究。当有异议时，却有人认为这是往名人脸上抹黑。

此外，当前老师在公众心目中的地位不断下降的现象，还与老师课堂内外不一样的表现有关。在许多地方，不少教师把重心已经转移到了开小灶、搞家教等，白天黑夜几乎没有继续学习和休息的时间。于是，在忙碌了一周以后，学校便成为他们休息和调整的场所。坐班的时候休养生息，上课的时候忙于应付，还不时地给学生“发信号”，说什么“要取得好成绩，最好再到我这里来加加班”等。

讲点成绩并不为过，但我以为，如果一味地盯着成绩而回避问题，那么，有朝一日可能会被问题摧毁。事实上，教师从事的工作，是一项良心工作。试想，如果每位教师能把自己的工作作为一项事业，并把教师工作的过程视为追求幸福的过程，那么，他一定会用“一样的热情”真诚地对待每一位学生。这样，我们的素质教育一定会结出殷实饱满的果实，教师才会在真正意义上成为受人们敬重的职业。

提倡用“一样的热情”对待和服务全体教育的对象，不等于说教育要搞平均主义，而是旨在为教师自己正名。同时，也是鼓励更多的教师能静下心来，一如既往地倾尽自己的全部精力去直面问题，直面人类的灵魂，进行更为深邃的思考和深刻的反思，为国家的前途执着探索。探索是需要有人讲些逆耳之言的，“揭短”总比“遮丑”要好得多，因为这至少能让人看到教育的一线新希望。

简单的魅力

今天，夜校生浩正巧与我同路。不经意间，我问起：“对我的课你评价如何？”“简单，引人入胜。”“你的概括也太简单了！”“简单就是美嘛！”随后，欢快的笑声回荡夜空。不用说，我们有着同样的心情。

回到家后，我重新思考浩的回答，觉得颇有意味，于是写下此文。

的确，如今的生活随着社会的进步，时代的发展而日趋丰富和繁杂了。也正因为如此，我们不得不集中许多精力去应付这些没完没了的复杂。而恰恰能给我们方便、快乐的简单，则愈发离我们而去了。一切的简单都蕴含着淡泊宁静的真实。所以，许多人为了寻找一份宁静与简单，不约而同地刮起了一股“回归风”，回归自然，回归真我……简言之，就是回归简单。

生活中，这样的例子不胜枚举。妻子经常责备丈夫啰唆，是因为他把简单的事情复杂化了；父母常为孩子准备许多类似变形金刚的高级玩具，但他们却难得听到孩子会心的笑声；许多朋友变成陌路，是因为友善面孔的背后，有着各自繁杂的算计。事实上，人易于使事情复杂化，而难于把复杂的事情简单化。生活如此，工作学习亦如此。如果有一种人能将当今最复杂的事物或人情世故简化，那么他们一定是为人类贡献最大的真人、天才，一群“简单”不过的人。

简单，是一种不可替代的力量，生活和世界因为简单而美丽。因为简单，人世间的一片真情得以在瞬间凝固于“傻瓜”相机中；因为简单，信息化的电脑产品才得以普及；因为简单，青春的靓丽重现于自然；因为简单，孩子们的天真烂漫的快乐得到回报；因为简单，我们拥有更多的知己；因为简单，我们便有了更为灵活的生活自由度；因为简单……

这就是简单的魅力，有一点“清水出芙蓉，天然去雕饰”的味道，带一些与复杂格格不入的放纵与敌对，有一些超越时空的轻松与自在。

简单是一种绝美的境界，它的内涵是“本色”。

学会忙中偷闲

题记：所谓的忙不过是个借口，一种对自己心浮气躁的解释。

人生在世，不能不忙，也不能没有闲暇。有忙有闲，一张一弛，才不会人为地崩断生命之弦，加速燃尽生命的膏油，使人既能享尽天年，又有所作为。要如此，关键在于忙中偷闲。

宋朝黄庭坚有诗云：“人生正自无闲暇，忙里偷闲得几回？”旨在提醒世人：人生是忙碌的，所以要学会忙里偷闲。忙里偷闲，既符合文武之道，也符合自然规律。自然界都有忙闲的规律，春夏生机勃发，万物生长，到处莺歌燕舞；秋冬收敛萧条，万物沉寂，处于休眠状态。人原本就属于自然的一部分，所以人不可不懂休闲，不可无休闲。不过，大多数人不可能有大块的休闲时间，所以就只能忙中偷闲。忙里偷闲，不是偷懒，而是让绷紧的弦放松，是让发热的机器降温，是为新的冲刺加油，是为砍更多的柴而磨刀，其好处妙不可言。

偷闲有利于提高工作效率，会休息的人才会工作。忙里偷闲，是紧张工作过程中的自我调节。适当放松，亦即在未感到疲劳时的“提前休息”或“主动调节”。从生理学角度看，这是迅速恢复体力，提高工作效率的最佳方式。偷闲有利于健康。白居易曾作《闲眠》诗说“暖床斜卧日曛腰，一觉闲眠百病消”。可见，在未感到明显疲劳时，稍息片刻便可消除疲劳，心境也跟着平静下来。其实，人是需要平衡的。只有将压力、烦恼等通过一定的方式释放，工作、学习才会有更好的发展、提高。忙里偷闲，抽出很短的时间做一些自己喜欢的事情，如听听音乐、散步、小憩等，都能舒缓细丝般的神经，达到事半功倍的效果。之后，我们又可以全身心地投入到各自的事业、工作，接受生活对神经的考验。

“生活不分学期，没有暑假可以休息。”所以，忙里偷闲，重点在“偷”。“偷”有“挤”和“抽”的意思，即从繁忙中挤出和抽出闲暇来。忙里偷闲的情趣，就在于“偷”。聪明的人把“忙里偷闲”作为快乐的种子埋在自己的脚下，需要的时候，随时享用。不少伟人都是“忙里偷闲”的高手。二战时，年近古稀的英国首相丘吉尔，每天都坚持工作16小时以上，始终保持着旺盛的精力。他的奥秘，就在善于“忙中偷闲”。他坐在汽车上就能休息，每天坚持午睡一个小时。晚饭后，他便在办公室内的床上睡上两个小时。醒后，立即精神饱满地投入工作，直至次日凌晨。周总理也很会忙里偷闲，在乘车时、接见外宾前或会议中间，闭一下目，养一个神，便马上又投入工作。

茫茫人海，芸芸众生，许多人为了跟上这快捷的生活节奏，不得不牺牲许多曾经被人认为可笑的闲暇。其实，只有这些可笑的不屑一顾的东西，才是构成生活的基本内容。忙中偷闲，忙里偷闲，在实现人生价值的过程中享受人生之乐、人生之趣，做到生活艺术化和趣味化，这对于更有效地工作，对于养生和养神，都有莫大的益处。而在人生充满乐趣之后，再遇到什么样的艰难困苦也许都不会觉得苦。但愿我们能在紧张的工作之余，给自己一些“偷闲”的机会，比方说，去会会朋友，聊聊家常，踩踩青草，听听音乐。我想，这时你定会幡然醒悟：所谓的忙不过是个借口，一种对自己心浮气躁的解释。

学会放弃

每次外出，总会带些旅游纪念品回来。时间一长，也真积累了不少，渐渐地成为一项爱好。朋友小聚、亲人团圆，总不忘将这些“活宝”炫耀一番。有时得到众人的赞美，不免沾沾自喜，甚至有所奢望：不久的将来，能办个家庭旅游纪念品收藏展。对此，妻颇有微词。直到最近一次旅游归来，妻见我又背回了一大包“宝贝”，终于忍不住开口：“我并不反对你有些爱好，但每次漫无目的地采购，把家里搞得如同批发站，你不累吗？我建议你学会放弃点什么，集中精力搞些有品位的收藏吧！”

知夫莫如妻。我清楚妻无意贬低我那些“庸俗”的藏品，只是想从旁观者的角度对我的人生处世法则予以提示。的确，爱好广泛、待人诚恳、有求必应是我的优点，但由此而引发的“后遗症”也确让我感到诸多的不便和疲惫。妻不失时机地对我一向自信的处世观予以暗示的做法，真让我感佩不已。

舍得，舍得，有舍才有得。事实上，当我们面对眼花缭乱的世界，会有许多欲望在时刻诱惑着你。所以，我们必须学会选择，学会放弃。没有放弃的选择，也就等于一无所得。因为人的精力、时间不可能让你把所有的事都处理得非常完美，而且往往是这样的：你想干成所有的事，你的精力就此分散，结果却一事无成；当你集中精力时，可能就会很漂亮地干好其中的几件事，虽然并不完满，但至少你尝到了成功的喜悦，为你下一步的成功做好准备。

对公鸡来说，麦粒胜过钻石。人生中，需要放弃的时候和需要放弃的事情有很多。比如，为了更好地集邮，需要放弃其他的收藏；为了写作的清净，需要按捺发财的冲动；为了事业的成就，需要有牺牲家庭幸福的勇气等。世间有些事可以“亦此亦彼”，但更多的却只能“非此即彼”。所以，放弃是一种战略，放弃是为了更好更多的收获。这就像我们熟悉的“弃子取势”，当某个子已成为累赘或无关紧要时，为顾全大局就果断地弃掉。“弃”，不正是为了“取”吗？也只有在此领域勇于放弃的人，才有可能在彼领域取得成功。放弃并非不能干好这件事，而是为了更好地干好那件事。齐白石有一方印，名曰“无所不能，有所不为”，说的正是这一道理。

梅、菊放弃了安逸和舒适，才得到了笑傲霜雪的艳丽；大地放弃了绚丽斑斓的黄昏，才迎来了旭日东升的曙光；春天放弃了芳香四溢的花朵，才走进了硕果累累的金秋。所以，放弃，并不意味着失去。而自知之明的放弃，恰是一种很珍贵的修养。

感谢妻恰当而及时的提醒，感谢妻给我上了人生一课。

为惊喜而准备

生活中，有时一个小小的惊喜可以支撑起一片朗朗的晴空，一句殷殷的祝语可以踏实一段漫长的历程。1994 年 1 月 8 日，在我刚吹灭 25 支小蜡烛后，女友祝福道："本命年里你会有许多惊喜的。"我认真地点头，没有作声，因为这一天有的是心情和机会向遥远的美丽发请柬。

出乎意料的是，这一美丽而诚意的预言竟如此快地在次日实现。细雨霏霏梧桐无语的上午，流淌在邮差匆忙递来的一份杂志上。那上面有我的首篇专业论文，还有英文摘要。这也许是在久远前执着撒下的种子，经风雨的冲洗已淡忘得无影无踪后，竟突然壮观成一道独有的风景，丰硕成一份惊人的收获……此刻，我的惊喜尽在不言中。

也许是觉得惊喜来得容易，这以后我总是固执地相信，明天一定会有许多惊喜在我的人生旅途中等候。等候我的目光把它们凝聚成深情，等待我的双手把它们紧握成激动。为此，我努力在每一天都作乐观的准备。这种乐观的准备，足以驱走我所有的不安和气馁，催我奋进，促我向上。因为我知道，惊喜毕竟来得突然，存留也甚短暂。对于更多平淡的日子，它毕竟是一种偶然和幸运。所以，要想与以后的某一个惊喜不期而遇，就应该把每一个今天都准备得实实在在、有滋有味！爱因斯坦说过："人和人最大的差异在于业余时间。"唯有分秒珍惜，汗流满面，才不会错过突来惊喜的起起落落。所以，我们当始终怀着一颗执着的心去体悟生命和坚毅地生活，如此，世界将变得简单而温暖，人生也必然会充满光明。

作家周国平认为，“人都是崇高一瞬间，平庸一辈子”。而我相信总有惊喜在等候，因为我有一颗敏感的心拒绝平庸；我更愿为迎接每一份惊喜，不知疲惫地替自己设置精神炼狱！

抬头看路，笑对明天

日前，某编辑来电，邀我写几句新年感想。我知道那是希望我谈谈新一年的打算，可是我心里一片茫然，不知所云。

许是太忙的缘故，新年的感觉是在毫无准备的情况下突来的。新年前的一周，当我在信箱里收到第一张远方朋友寄来的贺年卡片时，我还在为诸多不值一提的小事忙得团团转。压根儿没想到也要准备些贺卡，也该对自己的下一年作个打算。那段日子对我而言，好像和其他时段没什么不同。因为对我来说，每一天都是新年，每一刻都在为明天而准备。

李开复有言：“我拼命工作是因为我依旧充满激情。”我一直把自己定位在是一个惜时如金讲求效率之人，因为我习惯于边走边思考问题。上班途中还记着备课，吃饭时则抓紧读报听新闻。虽然这样并没有使我成为一个很有成就的人，但使我成为一个很自信的人。

曾几何时，在大学毕业后的一段比较长的日子里，我基本上只习惯于埋头拉车而不善于抬头看路。我总是勤勉地做好自己认为重要的事，比如教书，比如老实地任人摆布，却不清楚自己究竟能发展到何种程度。虽说这种生活方式也能让自己获得些许的自我满足，却在无意中失去了许多本该争取到的机会。

直到三年前，偶遇一位很成功又很聪敏的高中校友，他真诚地跟我讲："一个人不肯拉车不行，但若不懂得看路也不行，因为这意味着你会失去明天。"这句话对我的震撼是大的，如今细细嚼来，这其实就是我得到的时下被炒得沸沸扬扬的人生规划的启蒙教育。之后，我采取了"拿来主义"，尝试着将时间分成若干份，一份为今天的生计而奋斗，比如工作，比如爬格子。一份为取得明天的发展资格而准备，比如积累资金，储备知识和锻造人格。另一份则留给自己和家人，让自己有时间驻足思考，享受生活，感悟人生。

一个人的自信，其实是来自于他自己的实力。一个有实力的人，即使上帝给他关上了一扇门，也会在适当的时候给他打开一扇窗的。就说我的那位高中校友，他在校时成绩并不算突出，但他有着积极的思考和主动的进取心，所以每每遇到挫折或身处逆境时，总能化险为夷，意气风发。他的故事其实很平常，只是当我们遇上时，对人生显得准备不足或思考不多。感谢他在我步入而立之年时，及时地给我上了一课，他让我明白等待和盲从不是人生，主动的人生是需要奋斗需要规划需要挑战的。他让我懂得今天该做些什么，明天又要做些什么。在以后的日子里，我也要通过自己的劳动，把一个个别人以为不可能的创意变成财富的奇迹，把自己的每个今天过得殷实饱满，并明确自己的每个明天。

新的一年，摆在我们面前的各种挑战将如期而至，我忽然想起了高中时代念过的《海燕》："在暴风雨来临的时候，海鸥与乌鸦都在叹息，只有高傲的海燕展开了双翅欢呼着暴风雨的来临。"对黎民百姓而言，足够的实力就是海燕的双翅。面对新的生活，与其叹息，不如早作准备，真诚地投入，冷静地观察，主动地思考，练就"双翅"，用自信笑对未来。

低调为人，勤于思考，乃本人生活的底色，也应是不断追求的处世智慧。在这迎接新年的美好时刻，向约稿的这位编辑朋友交出此份“答卷”，不知能否拿到“合格证”？

深刻的肤浅

“找点时间，找点空间，领着孩子，常回家看看；带上笑容，带上祝愿，陪同爱人，常回家看看……”很显然，《常回家看看》这首歌已成为最近一段时间里中国东西南北中男女老少普遍传唱的歌曲，甚至有的公司还通过它的影响做起了广告。与许多东西的流行规律一样，流行歌曲在我国虽然也有一段时间（可追溯到中华人民共和国成立前），但真正成气候还是在改革开放以后。

据说，有人出于爱好在专门收集流行歌曲；而有人则在研究流行歌曲为何有巨大引力的问题，以便从中汲取经验，为如何有效地给国人的精神支柱注入活力寻找新的突破口。

有种说法：存在的就是合理的。对于流行歌曲来说，这也是最佳的表达。

记得20世纪80年代，由于邓丽君爱情主题的流行歌曲占了市场的主流，许多人以为流行歌曲、流行音乐只是小青年宣泄过剩精力和幻想热情的调试剂，认为流行歌曲闹哄哄，甜腻腻，夸张有余，积淀不足。然而，时过境迁，现在不少影视剧中的插曲已经很快使流行歌曲的范畴扩大了，并产生了许多思想健康积极、激励民族奋进的主旋律歌曲。事实上，今天不管哪一类人，都能随便哼上几首流行歌曲。每当自己喜欢的流行歌曲响起，总是心潮激荡，浮想联翩。

可以说，流行歌曲是一个时期群体心理的表达。像“雾里看花，水中望月”的歌词，已成为许多人提醒自己不要轻易被虚假伪劣产品蒙骗的警示语；而《祝你平安》则道出了人们“你永远都幸福是我最大的心愿”的美好愿望。流行歌曲的变迁也能折射出社会的变化。听着听着，人们便会自然打开或尘封已久或情窦初开时的记忆闸门，让汹涌的感情伴随着各自的回忆，诠释世故人情和社会发展。也正是因为流行歌曲具有这样简单的人文情怀，所以发挥了维系一个国家、一个民族的繁荣昌盛，并激励着我们去创建美好未来的作用。

有人认为，流行歌曲的歌词太俗，缺乏应有的思想内涵。但是，我觉得可能正是其“俗”，才使它有如此旺盛的生命力。所以，我对流行歌曲并不反感。

流行歌曲的另一个特点在于它雅俗共赏。我们不用知道是谁作的歌词、谁谱的曲子、哪个歌星唱红的，也不必关心这支歌创作的来龙去脉，只要你愿意，你就可以敞开心扉唱出自己的心声。因此，我在这里顺便提出一个希望，希望那些曾经对流行歌曲不屑一顾或者持有偏见的人们，不妨在忙中得闲时，唱唱《常回家看看》，也许你也会在百忙之中抽出时间，回到那个曾使你好不容易走出来的地方。我想，这时你或许会领悟：所谓的忙不过是个借口，一种对自己心浮气躁的解释。

现在，除了流行音乐的确还有太多别的诱惑，但流行歌曲的“流行”，依然是大势所趋。

圈子

高中好友张君日前来寒舍小叙，又不可避免地谈起他多年从政的经历。只是这回他却顾左右而言他。我见他这副神情，遂问道：“老兄，是否又要高升？”他肯定地回答道：“没有希望了。我不是圈子里的人！”

张君的话，让我在独处的时候，着实想了许久。不是吗？想当年，当我满怀希望地将第一篇自以为了不得的散文投给某报的时候，我足足等了两个月的时间，最终还是音讯全无。后来，我把这篇文章交给学校的一位语文特级教师，请他帮忙润饰一下。语文老师看罢，对我说：“文章写得不错，足够发表水平。只是，你还没有进入圈子，很难一下子被认可的。”这是我第一次认识到圈子之重要，它足以“枪毙”一位文学爱好者对于文学的憧憬和执着。又一日，接一位“圈子”里的编辑来电，要我多写某方面的评论文章。我应允后，便陆续写了一些。虽然这些文章后来得以刊发，但我内心深处对这样的应景文章还是不满意。

所谓“物以类聚，人以群分”，说的就是人际圈。人际圈无处不在，从官场到酒场到文场，从城市到菜市场到鸟市，从地球村到度假村到乡村。有人的地方，就有圈子，体现的是一种设防、一种抵御、一种自我保护意识。其实，有圈子并非一定是坏事，怕只怕有人将圈子当成实现一己私欲的场所，滋生出利己排他的小圈子习气。小圈子习气，在可以形成小圈子的地方总是存在的。进不进圈子，其实是一件让人犯难的事。如果你想做某件事，但因为不是圈子里的人，所以难度颇高。但是一旦你进入了圈子，虽然办事方便了许多，但心里总有不安，觉得影响了能力更强者的发展。另外进入了某个圈子，难免要为圈里人说话，自然有言不由衷的时候——“世上最累的事，莫过于虚伪地过日子。”圈子，有时足以使聪明人的创造性思维被束缚住。到头来，还会因为圈子的破裂，自己陷入危机。

当然，我这样说，并非全盘否认圈子存在的必要性。圈子的存在说明有其价值所在。有的圈子甚至还担负起特定的社会责任。一个人，若有缘进入某个圈子，就一定存在着可以与这个圈子相互融合的地方。一个有思想能感知的人，总会拥有一个适合自身特点的圈子，融入其中并在其中如鱼得水般自由发展。所以，某些圈子在某些特定的时间地点，也是有利可寻的。但一个公平、公正、诚信社会的发展，还是不太能容忍某种功利性圈子特别是小圈子习气泛滥的。因为它更多地会演化成为腐败，成为腐朽的温床或避难所。

“城外的人往城里走，城里的人却要往城外跑。”用《围城》的引语来注释“圈子”，实为最佳。人各有圈子。朋友，你希望成为哪类圈子里的人物？

让生活多些鼓励

不知道自诩成熟的我是否真的成熟？不过，从妻子往日对我的评语中可知，自己在某些事情的处理上的确缺乏勇气，缺乏自信心。人往往能很清楚地看到别人身上的优点或动人之处，却不易在人生的道路上正确把握自我，认识自我，超越自我。

有人说，人的潜力是无尽的，现在不可逾越的沟壑，只要树立自信，磨炼意志，通过努力，也许不久就会或轻松或艰难地通过。所以，拥有自信，就拥有了人生最珍贵、美好和丰厚的财富。自信，源于自身各方面的素质和涵养。当然，也离不开朋友善意的帮助和鼓励。

就我而言，平时喜欢读些文学作品，也喜好业余的涂涂写写。开始时，作者是自己，读者也是自己。但是，恋爱时，妻就鼓励我：“你文笔不错，何不试着投投稿？同时也能检验一下自己的文字水平。”我受到启发，便开始尝试。第一次第二次寄出去的稿件石沉大海，第三次在经过一段痛苦的等待之后终于成功了。此后，一发而不可收。虽然仍屡有失败，但妻和朋友的鼓励着实令我心动、振奋。因为，我欣喜地发现了自己在写作方面的潜能。自知成不了耀眼的巨星，却也不甘将自己视为一粒不足挂齿的尘埃；鲜花自然娇艳可人，绿叶同样渴望展示它的青翠与风采。

尝试就是一笔财富，一种经历，要珍惜现在，更不能失望于未来。一次次挫折后而失望，一次次被人鼓励后又振作起来，数次迥然不同的经历锤炼造就了我，渐趋成熟，渐趋理智。

现在细想，若没有妻和朋友的开导与鼓励，我定会在失败的阴影中挣扎许久，直到作茧自缚，而不会像今天一样，以淡泊宁静的心态直面人生。

人世间，总有一种美好能够助人穿越黑暗，它的名字叫“鼓励”。人非钢浇铁铸，谁都有迷茫、怯懦、自卑的时候，就需要相互关心帮助和鼓励。在我们回首往事时，会不会寻找到这份弥足珍贵的情感记忆——鼓励？是否因拥有、享受到这种被鼓励的幸福而倍感欣慰？让鼓励充实我们年轻善良的心，这世界就会多些温馨，少些冷漠；多些认同，少些诽谤；多些信任，少些猜疑……

山芋印象

上海人所谓的山芋即红薯，在我家乡农村曾经是作为主食的。一般年头不好，稻谷不足时，乡亲们都会把山芋充作主粮。而今，山芋倒成为市民餐桌上的稀罕物。吃点杂粮，吃点芋头、山药、山芋，已然成为都市人的一种时髦。曾在网上看到一则消息，说 WHO（世界卫生组织）曾公布一份最佳食品名单，其中最佳蔬菜竟是山芋！

年前，回老家看望父母。午饭时，母亲在饭中添加了几块红心山芋。那香甜爽口的滋味，顿时勾起了我对久违的山芋的回忆。

我清晰地记得，小时候，除少得可怜的稻米外，山芋是乡亲们维持生活的“口粮”。生产队在沿河坡地上大片栽种山芋。晴朗的秋日，正是收获山芋的最佳时机。山芋栽植面积大的地方，可以说遍野皆是。队里贮藏山芋分几道工序。先是把光滑、没虫窝、没硬伤的山芋拣出留做种；然后把个大、有硬伤的拣出来切片，晒山芋干或磨粉；最后则是将分拣出来的山芋分给每家每户，一家一般能分到上百斤。

那些天，放学后，我们似乎多了一项特别任务。我和几个小伙伴常扛着小锄头，提着小篮子，在大人收获过的山芋地里，用锄头翻寻。我们在地头拉网式搜索，深埋于泥土里的山芋很难逃过我们的“火眼金睛”。有时我们能挖到半篮子缺头损脑的山芋，虽说手里沉甸甸的，但踏着暮色回家，心里甭提有多高兴了。待十天半月后，小土岗基本被翻了个遍，就再也找不着山芋了。但办法总是有的，遇下雨天，在泥土中躲藏得再严实的山芋也会禁不住口渴，从泥土里探出头来，在雨水滋润中生长出娇嫩的苗，调皮地向我们张望。这儿有只山芋，那儿也有一只，一找一个准，如同抓着一个个傻傻的俘虏，我们高兴极了。虽然被泥土搞得灰头土脸，但回到家，只要向母亲高高举起丰硕的“战利品”，笑容便在母亲脸上荡漾开来。民以食为天嘛，她觉得我是在帮她做一件了不起的家事呢！

山芋属粗粮，吃多吃久总觉得腻人。为此，母亲设法吃出不同花样。除储藏鲜山芋待开年“尝新鲜”外，其余会晒山芋干等。说到晒山芋干，那真是铺天盖地。有的晾晒于筛子里、帘子上，量多时干脆撒在空地里、屋面上。待到新鲜山芋吃完，再将山芋干拿出来煮山芋干粥饭吃。母亲做晚饭时，我偶尔也会央求她在灶膛里煨几个小山芋，作为“甜点”。待饭后出去溜达回来，我就直奔灶头间。那时山芋渐熟，香气四溢，让我垂涎欲滴。这时，我会迫不及待地把尚觉烫手的山芋拿在手里，一边用两只手颠来倒去，一边吹气凉它，恨不得马上就咬上一口。

而今，在冬季里，每当我走出10号线国权路站，总能见到路边的烤山芋摊。一看到那刚出炉的烤山芋，或是那些一边走路一边大口大口地吃着还冒着热气、散发出香甜气味的山芋的食客，一缕思绪不禁在我心中悠悠升腾。是的，关于山芋的那些陈年旧事，现在的年轻人可能觉得不可思议。而今，物质条件虽有了大改善，每天都能吃上可口的饭菜，但那段吃山芋的难忘岁月，却不该忘却。这也许是我们这代人的集体记忆吧！

寒假前，夫人在家里打扫，挑选出一小只曾静躺在厨房一角、形状酷似台湾岛的山芋，将它洗净后放在一只透明玻璃小瓶口，装上适量的水，置于阳台窗角。暖阳关照，加上通风透气，数天后，山芋竟发芽吐绿。起初，发芽的山芋并无多大动静。慢慢地，山芋上面的芽像打了激素一样快速长高长粗，并下垂过了玻璃瓶底部。那条带状绿色成了家里最出风头的一景，点缀着阳台，透出丝丝可爱。此时，倘若你有暇耳听琴音，目赏“杰作”，鼻嗅青翠，便也感觉到这冬季里的小居原来还真是多了些许的品位与春意呢。

也说“沾光与添彩”

我的一位同事在数年前曾写过一篇《沾光添彩》的短文，我至今记忆犹新，觉得这个题目很有意思，今天姑且拿来一用。

能够参加国家级中学地理骨干教师的培训活动，对我而言，是莫大的荣幸。在集中培训行将结束的时候，我再度认真审视自己的成长历程。我想，我之所以成为万分之九中的一员，在很大程度上是沾了我所在学校的光。

开学典礼上，自我介绍时，我一说到“复旦大学附属中学”这个名字时，许多人都晓得，因为这是所全国数一数二的名校。也是在那个时候，我意识到我的入选可能是沾了学校的光。

其实，从教八年来，我时刻都在沾着别人或学校的光。比方说，我在环境教育方面略有成绩，并获得大家的认同，就是沾了前辈的光。我能有机会参加许多书籍的编撰工作，那是得益于“复旦大学附中”这块“金字”招牌。我能比同龄的同事有更多机会与外界交流和联系，是沾了大学时指导老师鼓励我从事学生工作的光……

想想很多时候意外的惊喜，总感觉到沾光的成分超出了自己的努力劳动。所以，我从不敢在朋友或同事面前摆功劳。但对如何为我曾经沾过光的人或学校添彩的事，我以往考虑甚少，做的更是可怜巴巴。

今天，在与兄弟省份的两位老师交流心得的时候，我突然意识到，其实自己也是可以为他人和学校添彩的。比如，通过自己在推进素质教育工作中的实践与探索，可以扩大学校的影响力；用自己对环境保护事业的执着与热诚回报陈老师对我的提携；写出更富有语言魅力的文章，感谢编者、读者对我的关爱。

“你也索取，我也索取，向谁索取？你不奉献，我不奉献，谁来奉献？”徐虎的这段平常话告诉人们，一个人若一味地满足于沾光，而不考虑为社会添彩，世界将会是黑暗的。环顾四周，在这物欲横流的商品经济社会里，想到添彩的人实在不多。但正是有了这些不多的乐于添彩之人，才推动着社会向前发展。倘若每个人在沾光的同时，意识到自己还负有为社会添彩的责任的话，社会必定会是另外一般模样。

米兰·昆德拉曾说：“我们的脚正在走向我们自己选定的终点。”从某种意义上说，善于添彩的人，才是真正的社会之人。前文所述我的同事就是这样的人，我也不能落伍。

守时

如果有人问我，当了二十年的教师，最值得骄傲的是什么？我可以脱口而出：守时。因为我上课从不迟到、从不早退、从不拖堂，二十年一以贯之，堪称难能，而我却做到了。我始终认为，这是为师者应遵循的基本原则。然而，事实上，在各种针对教育教学的学生调查问卷中却发现，教师迟到早退现象时有发生。至于拖堂，在基础教育领域则更是司空见惯，有时还会被冠上一个“对学生负责”的理由而变得冠冕堂皇。设身处地地为同学着想，倘若你拖我拖大家拖，那么学生本来可以用来放松的课间十分钟就会被蚕食、被挤压。对此，不知诸位又将会作何感想。

在学校，有时会用到单位的车，司机师傅都觉得我很守时。只要约定时间，我就会准点出现。在与司机的交流中，不难感觉到他们多少带些埋怨情绪，原来教师或领导不守时又不打招呼的情况还是常见的。我个人觉得，这是不尊重同事的表现，至少不算是什么“好习惯”吧。

说到我对不守时者的态度，倒是有个例子。一次，提前一天约好了向某领导汇报工作。我提前两分钟到达，却吃了闭门羹。等了五分钟，不见来人也未接到电话。虽然心里有些不舒服，但本着对领导同志的无比尊敬，我又在门口熬了几分钟。因为有些不情愿，这滋味多少带有点苦涩，并略有一点做贼般的心虚。怕待久了，人家会误解。时间过去了十分钟，到了我的忍耐极限，于是我便快速离开。未曾料到，五分钟后，领导发来信息问我怎么没有出现，我回了一个信息：“看来事情没有汇报的必要了，不耽误您宝贵的时间了。”其实，他在我心里已被下了结论：一位不守时的领导，是未必能够在群众面前具有领导力的。

还有一件事，是我从报纸上读到的。一位欲过横道线的路人，在路灯还是黄灯时抢先一步，不料被一辆急驰而过的卡车撞了。虽然无生命危险，但落下了严重的后遗症。后来，这位行人在接受采访时懊悔万分：“我为了抢一秒钟，结果酿成惨剧，悔啊。”

行色匆匆的都市人，诚信正遭遇前所未有的挑战。当然，迟到者总会找得到理由。不过，一个理由（或谎话）必然要用更多的理由（或谎话）去圆。殊不知，迟到和说谎的成本同样巨大。所以，还是提醒大家应当守时。须知守时也是做人的基本素养。因为，小中足可以见大。

爱是教师永远的魅力

几个月前，我有幸成为代表团成员之一，赴台参加2015海峡两岸中小学教育学术研讨会，对于“中小学教师教育与课程改革”这样一个主题，可谓收获颇丰，领悟颇深。而途中车上的一次观映，则给了我意外的触动。

那是在专车接我们从桃园机场到嘉义大学的路上，我有机会欣赏到司机师傅为我们播放的名为《五个小孩的校长》（又名《可爱的你》）的电影。影片讲述一所学校校长吕慧红放弃与丈夫环球旅行的计划，毅然应聘一所面临关闭的幼儿园，倾注心血，最终帮助五个孩子及其家庭走出困境的感人故事。

这部据真人真事改编而成的感人影片，也道出了“教育——一个都不能少”的简单道理。个人觉得，教师的工作要得到认可，重要的是让学生喜欢你，这也是教师的魅力所在。吕老师原为一所国际幼儿园的园长，因对教育制度感到失望，遂辞掉园长的高薪厚职，计划与丈夫谢永东去环游世界。可是，当她从电视新闻上看到位于元朗的村校——元田幼儿园，仅剩五个学生，行将倒闭，加上幼儿园财政困难，只可用4500元聘请园长兼校工，竟重燃起她对教学的热情。她毅然应征，希望帮助五个小孩转校。

影片也揭示了教师让学生喜欢的“诀窍”——爱。比如说，先让自己变成孩子。陶行知先生也曾说：“我们必须变成小孩子，才配做小孩子的先生。”这里，吕老师给我们做出了很好的榜样。一个童心未泯的老师，是一个具有好奇心、孩子气的老师，是理解和宽容学生的老师，是能想学生之所想、做学生之所做的老师。

又比如说，遵循教育的基本规律。小孩子对于学习的认知，是需要循序渐进、联系生活的，吕老师让孩子们采访家长，“（让家长）来说说小时候的梦想”，此举培养了学生的交往能力，增进了亲子间的沟通，也更好地诠释了“教育需要家校社会的合作，才能有更好的效果”，而通过“爱的教育”，吕老师也赢得了孩子和家长的喜欢。此后，家长和学生的积极配合，也大大提升了吕老师所在幼儿园的教育效果。

再比如说，教师要时刻以身示范。教师对于学生的影响，幼儿园和小学阶段尤为显著。在以人为本、科学发展的今天，我们的确需要一大批吕慧红式的教师，用人性的关怀、人道的方法、人文的素养去滋润每个孩子的心田，在学生的心灵深处播撒人性与仁爱、理想和智慧的种子，促进他们生动活泼地健康成长。

写到此处，我又想起了另一部电影《放牛班的春天》。影片描述的故事发生在法国乡村一所寄宿制学校，那里的学生多为难缠的“问题儿童”，他们想方设法对抗学校的专制和暴力的教育，这时候，马修老师来到了这所学校，由此而发生了影片中的精彩故事，展现了教育对学生心灵的深刻影响，阐明了现代教育的重要理念——教育必须给人们尊严和自由。

爱真是世间最伟大的力量，老教育家夏丏尊先生也说过：“没有水，就不成其为池塘；没有爱，就没有教育。教育上的水是什么？是情，是爱。”影片中马修老师被哈珊院长解雇离开时，害怕被关禁闭而不敢出来送行的孩子们在窗口挥动着小手，带着祝福的纸飞机不断地从窗口飞出来，宛若花儿朵朵……爱的力量，天真的力量，真是催人泪下、促人奋进。

广告印象

时下，广告正成为市场经济、信息社会中商品促销的首要手段。过去是“酒香不怕巷子深”，如今却“酒香也要多吆喝”。

有个不甚权威的调查，说广告成了小孩子的启蒙老师，孩子的许多知识都是通过广告获得的。据说，有人专门在研究广告的魅力，以期从中获得教育孩子的一些启发。然而，成人对于广告的认可度却有不同。不少广告因为其大气的创意、独特的视角、高科技的武装和巨资的投入，确实给人留下了深刻的印象。如IBM、可口可乐、UPS等广告，让人看罢顿生好感，对产品也就有意了。

在我的印象中，有两则广告经久难忘，以至于我在授课时，老是用到它们。一个是“立邦漆”的广告，我认为其创意非常好。因为油漆要取得比较好的漆面效果，一定需要考虑环境因素，尤其是无污染的空气和晴好的天气。当它选择在青藏高原拍摄，而且播放西藏民谣作背景音乐的时候，不觉让人联想翩翩，购买欲陡增。另外一则广告是海尔的，它虽然不大做广告，但是“真诚到永远”的承诺，让我们不由得为海尔作为世界级品牌的魅力而倾倒……

创意佳的广告无需多少言语，无需名人参与，无需自我吹捧，便足以让产品印刻于心。有时候，不厌其烦的唠叨、吹嘘，只能是事倍功半，甚至让人选择逃避，到头来广告的效果是适得其反。有个不错的广告，原来也起到了很好的促销效果。但连续几年的自卖自夸，甚至说出“今年送礼送健康，收礼更收某某某”的大话，让公众颇有微词。更何况，据国外研究报道，说此“保健品”里的一种重要成分对人体是否真的有“保健”功效，尚未经过临床实验的证实。

广告是一门艺术，它虽创意无限，却重在体现其深智广慧。平心而论，现如今，又有几人还在把广告视作艺术呢？所以现在尚缺乏艺术的广告。至于那种动辄请“皇阿玛”信口雌黄、让美女隐约“露”一点的招数，显然不能再吸引越来越理智的公众了。

今天，国人正在创建“诚信社会”，却仍有不少缺乏诚信的商家在千方百计地利用虚假广告发横财。可以断言，如果不根除这种“不诚信人敛财，而诚信者吃亏”的怪现象，对诚信社会的健全和国家的发展有百弊而无一利。有人认为，“广告是一门吹嘘自己而无须脸红的艺术”，但远离真实与事实的吹嘘，无异于空中楼阁，是不会有长效的。我们的广告在投入方面，可谓是不惜重金，但效果却总是“精气神”不足。这其中的关键，是某些广告人内在的素质有问题。

这可能就是国内广告和国外广告的最大差距。

真实是广告的生命，而创意和创新是灵魂。只要我们立足诚信，多为消费者考虑，以质量和服务说话，才是取胜之道。有一天每个厂家都能用事实证明“某某广告做得好，不如某某产品好”，那么，广告也就实至名归了。

呼唤良心

“无商不奸”，这似乎是世人对商人的共识。为了获利，我一直认为，适当的“奸”并不为过。但是，“奸”到让人谈商色变的程度，就违背了基本的良知了。稍加关注一下近期媒体的报道，就足以让我们这些普通百姓睡不着觉，因为其中有“毒米”在作祟。

仅仅为了利润，昧着良心往陈米中掺入工业用油的做法，翻遍世界史，也算得上“创新”了。“来如春梦几多时，去似朝云无觅处。”想到吃着掺了许多水的肉类，和朋友们一起笑着喝着用工业酒精兑成的“五粮液”，啃着掺了漂白剂的雪白馒头，吃着打了石蜡的米饭……我居然瘦了一大圈！

在惊叹于无处不假、无处不劣的发展速度时，我更多想到的是国人的“创造力”。原来，中国人的创造潜力如此巨大！要是把这份心思用到造福人类的科学技术发展上，我想定会让外国人对我们刮目相看的。于是我又想到一个易被人遗忘却又最熟悉的字眼：良心。是的，在我们这个国度，五千年的文明史汇聚成我们的民族魂。正因为如此，每当受到外敌欺辱时，我们总能同仇敌忾并取得胜利。但在和平的环境中，良心的问题却被很多人忽视。于是，爱国主义教育的成功和道德教育的失败构成了鲜明的对照。事实上，现在良心成了“说起来重要，做起来不要”的“摆设”。从短斤缺两的把戏到以假乱真，从重视包装到制假造假、以假代真，从油盐酱醋的造假贩假到制售毒米，每一次的“成功”都标志着良心的“出卖”是具有何等的诱惑力！我想，既然连米都会有人“投毒”上市，那么还有什么东西会是清白的呢？

改革开放以前，老百姓的口头禅是“您吃了没有”。最近二十年来，“您吃好没有”成为习惯用语。今后，“您吃的东西哪样没有毒”必将“酷一把爽一回”。于是，我想出了这样一个馊主意：现在，有许多地方的农民不愿种地，以至良田大量闲置，咱城里的百姓不妨将买房的钱省下来，到农村去买上或租上一块地，然后种上自己想吃的作物、蔬菜、粮食，自给自足，因为现在恐怕也只有自己生产、自己消费的产品才能够保证质量。如此，这也算是倡导人们“回归自然”的一个理由吧！

因书而贵

书如同汤匙、剪刀一样，一旦发明了这些东西，就想不出更好的了。

——[意大利]安伯托·艾可

1996年10月，由黄玉峰老师和我联合发起并创立了学生社团书迷会。之后，全校每年在11月份举办“读书节”活动，我都会写上一篇有关读书的文章。值此“复旦附中第四届读书节”开幕之际，欣闻文化部等决定今年12月将举办全国首届“读书节”活动，颇觉兴奋。因为这意味着全社会倡导读书的春天真正来临。不免又想说上几句，于是有了这篇文章。

众所周知，我国目前正处于经济转型时期。人们在市场经济中生活，每日见的是商品，想的是金钱。收入悬殊越来越大了，很容易造成一部分人心理失衡，心浮气躁。要克服并消除心理上的这种不良倾向，我认为还是要在全社会营造起一种读书的文化氛围，提倡、引导和推动人们去多读书、读好书。只有通过读书，人们才能聚精会神、怡情养性、冷静思考，客观准确地把握住自己在市场经济中的正常生活。清代著名戏曲家李渔说得好：“余生无他癖，唯好读书，忧藉以消，怒藉以释，牢骚不平之气藉以除。”读书确有如此神奇之效。

“再讲究的服装也无法掩饰一个人知识的贫乏，再清寒的读书人也无法挡住言谈中的书香。”知识与气质是需要通过自己的努力，耐心持久地通过读书积累获得。能否做到清寒而不寒酸，小康而不俗气，关键就在于我们是具有书卷气还是市侩气。也就是说我们是否重视知识，是否热衷读书，是否有精神层面上的追求。古语说“腹有诗书气自华”。一个胸怀虚心、耐心、爱心的读书人，即使拥有令人羡慕的财富，也不会变成令人讨厌的官僚；即使拥有令人尊敬的学术成就，也不会变得自负。可见，读书足以增加个人的底气。有了底气，你就能潇洒自如。学人因书而贵，此种提法当不为过。

生活在世纪之交的现代人，生活和工作的节奏已明显加快。他们步履匆匆，像脱了线的风筝，径自前行，许多人因此找不到回家的路。而读书，却可以帮助我们检讨自己走过的每一步，并且时刻提醒自己：要善于前进，更不要忘记找到回家的路。

读书节过了一个又一个，但首届读书节引发的思考，对我而言，却有着独一无二的感受，不该被忘却。

才识读书味

读书，应该是教师最好的修行。我们阅读书本，其实它们也在观察我们。

1996年底，校首届读书节取得了圆满的成功，全校因此掀起了一阵读书热潮。身在其中的我，自然也联想到了有关自己读书的一些事。

我从小生活在一个与书极少沾边的农民家庭，加之家境贫寒，除了上学用的课本，所能读到的书很少。但是，渴望读书的信念从未在我幼小的心灵深处消失过。不仅曾有过要做一位读书人的想法，还有想成为一个写书人的奢望。后来，环境逐渐变好了，读到的书越来越多，但仍时有一种读书太少的愧疚感。因为工作后的我，明显感到“内功”不足，这让自称“读书人”的我感到无限悲哀。

有一次，在办公室聊天的时候，发现竟有好几位同事和我有相似的经历。想读书、记忆力好的时候，没有书读；后来有书读了，却因为工作学习忙没有时间去读。偶尔读几本，记忆力也不如从前。于是，便有一种说不出的遗憾。

记得读书节前，《文汇报》副总编辑吴振标先生同我讲起他读书的故事。他给自己规定每天必读一个小时的书，这样不论厚薄，一年差不多可以读上五十多本。当时，我曾对此方法的可行性表示怀疑。但是，我不得不承认，他的知识面很宽广，读的书的确比我多得多。

同事黄玉峰也经常告诫我：“一个人养成的良好的读书习惯，是一辈子受用不尽的。即使是到了老年，也是一种精神寄托。”现在看来，他的观念非常“新潮”。事实上，作为本校乃至上海颇有名气的书法家及作家，他讲起课来旁征博引、文采飞扬，而且有独到的见地，这均与他几十年如一日好读书的习惯有关。

阅读促进自我完善，使我们更好地关心他人，表达自我。人生苦短，少年不识书滋味的我，现在是时候要借鉴吴振标先生的读书方法并以黄玉峰老师的话为指导，踏踏实实，全身心地投入读书了。唯如此，才能弥补过去时光少读书的遗憾，才能重新觅得在一座座精神城堡里流连忘返的情趣，体验更广泛的社会生活和更丰富的世故人情。

英国人塞缪尔·斯曼尔斯说过："好书可引为诤友，一如既往，永不改变，耐心相伴，淘淘其乐。当我们身陷困境或处于危难，好书终不会幡然变脸。好书与我们亲善相处，年轻时从中汲取乐趣与教诲，到鬓发染霜，则给我们以亲抚和安慰。"读书的道理，确实已尽在其中了。

闲暇时，苦闷时，路途中，只要有一本好书相伴，欢乐的阳光就会晒遍心灵。置身其中，我看到有的书里春光明媚，温暖我心；有的书里刀光剑影，畅扬心怀；有的书里情爱悱恻，让人感唱；有的书里博大精深，启人思考……是那些美好的书构建了我们灵魂的小屋，我们不妨用鲜花和阳光一样的叹赞，来装饰它。

教育，请慢慢来

2015 年 1 月，同黄玉峰老师一道去云南昆明。在考察某小学时，他注意到该校校训——“行善事，做好人”，当即表示此校训好，比诸如“自强不息”“学无止境”“追求卓越”之类的校训更靠谱、更务实，还说到美国某校把“慢慢来”作为校训而受赞誉的事。

的确，现实中，类似“时间就是生命，时间就是效率”的标语实在太多。时代发展加速，生活节奏加快，“快”俨然成了一种“时尚”，一种追求。现在，各行各业都在努力提速，都想成为快车道上的一道靓丽“风景线”。以至于看到“慢慢来”，反而觉得格格不入。然而，因为“急”，因为想“快”，结果造成失误、酿成重大损失的例子也比比皆是。所以，“慢慢来”看起来似乎可笑，仔细琢磨，却意味深长。

大约二十年前，我校转来一位“神童”。当然，此“神”还是从其父口中得知的。大概是因她上高一时才十三岁，比一般孩子小两三岁，个子当然也要差上二十来厘米吧。事实上，她不能适应住校生活，自我管理能力也较弱。当时她的家长还提出，让她上了高一就跳级上高三。学校费了好大的劲，才说服家长先不跳级。最后，在大家共同努力下，这位我们认为是个普通人、在家长眼中却是“天才”的孩子，勉强上了一本。我们感觉得到，家长对于孩子成长未达到他们的预期有较大失落。据说，该生后来发展也很一般。所幸家长在分析孩子培养问题时，还是承认“欲速则不达”，“教育还是要慢慢来的”。

老家曾有一邻居，长我一岁。听父母说他三四岁时还不会开口，五六岁时才会叫人，每当家长聚到一起，总会把他作为一个话题。现在细想，我们那时也应该会觉得这个邻居有点特别，所以一般都不跟他一起玩。他父亲倒是村里少有的喝过墨水的人，并不急于孩子的开口，逢人便说“慢慢来吧”。之后，我们相继上了小学、初中、高中。后来，他顺利考上了师大，当上了老师。据说，此兄上课能说会道也很幽默，前几年还受提拔当上了校领导。我想，对于这家人来说，他的成长该算得上成功吧！

和身为数学系教授的父亲一样，杨振宁从小就在数学方面显示出了其天赋。但其父似乎对他的天赋视而不见，也不对他进行专门辅导。不过，父亲书柜中那些外文版数学书籍却始终向他开放，只是有限的外文阅读能力，又让他不得不时常向父亲讨教。可父亲总是说：“慢慢来，不要急。”当然，父亲偶尔也会给他解释若干基本概念。正是在“慢慢来，不要急”的氛围中，杨振宁快乐健康地成长着，从小学直至高中，成绩均名列前茅。之后，他还以“同等学力”资格考入西南联大。他原本因喜欢化学而填报了化学系，但入学考试需要考物理，遂“恶补”了月余的物理，方觉物理比化学更“有趣”、更合其“口味”。于是，放弃化学，转而进了物理系。对于此选择，父亲也未干涉，只给了他一句“老生常谈”的“忠告”——“慢慢来，不要急”。在杨振宁看来，正是父亲“慢慢来”的教育哲学，使他受益终生，助他取得了世界顶尖级的成功！

教育的确是一个长期的过程，它需要生命的沉潜，需要精耕细作式的关注与耐心的等待。我们须直面人才培养独特的规律：世间既有早慧的孩子，也有“开窍晚”的孩子。培养孩子，要多一些耐心、理智和宽容，不拔苗助长，不越俎代庖。据说，2012年诺贝尔奖得主约翰·戈登在中学时代的成绩并不优秀，曾被人讥讽为蠢蛋，但这并没有影响其日后取得举世瞩目的成就。

在当今教育大背景下，教育必然是社会、学校和家庭形成合力的事。对待孩子的成长，教师和家长都责无旁贷地要遵循教育的内在规律。尊重每个生命个体自然生长的形态，耐住性子，切实培养孩子良好的学习、生活习惯，为孩子未来成长奠基。

张文质先生曾说过："良好的教育是在细腻与沉静之中。"但愿我们每个人时刻提醒自己：教育，请慢慢来！以"慢"的心态来对待教育，陪孩子慢慢走。慢慢等待，欣赏孩子成长之乐，何尝不是一种睿智、气度？"慢慢来的教育"，自然不应囿于课堂或校园，而应包含于整个教育过程中。通过各方的参与和实质性的作为，使"慢慢来"的教育理念或理想成为全社会一种积极的生活方式或共识。事实上，教育最核心的问题就是着眼于孩子的可持续发展，而决非眼前一时进度之快慢。或许，这才是更大气的教育。让我们在孩子成长的过程中"慢慢来"，把沿途美丽的"风景"看个够吧！

后记

心，近自然

池莉有语：“好日子不仅仅是物质的，更是精神的。好日子就在自己手中，像泥鳅，要有把握的技巧。”

我对写作的兴趣始于大一。记得那时候，每周有一次约 90 分钟的军事理论课（二三百人的公共课），由于我从小对战例有兴趣，所以总觉得老师讲的东西对我没有多少吸引力。于是，每次总是找后边靠窗的位置坐下，一来可以在课上轻松一下，随便看看外面的风景，同时也便于开溜。

曾几何时，那些萌生于高中毕业时的梦想，却淹没在大一安逸的现实中。当我坐在教室时，总会习惯地看看窗外，看大路上匆忙来往的人流，看法国梧桐在疾风中起舞摇摆。渐渐地，我开始有感而发，一堂课下来，我的思绪也能在笔记本上流淌出不少文字……但那时，我更多地是写诗。因为无论我的年龄还是大学的生活，或激昂高亢，或静谧安宁，都是适合写诗的。我不停地记录、否定，记录、否定，所以一年下来，真正使自己满意的“杰作”并不多。最终我很勉强地在大学毕业时留下了一本诗集，名之曰《一水集》，可是因为种种原因，今天已不知去向。不过，那段日子，我确实用心读了不少书，在与这些个人认为“最美景致”的一次次邂逅中，也积累了许多有用的东西。对一个理科生来说，能有机会获得人文方面的提高和修养，我始终认为是件好事。

生活里最快乐的事莫过于聊天，写作的功夫也完全在“诗外”。工作以后的一段时间里，我曾把业余写作和读书当作是自己最精致的聊天。而阅读和写作就是让自己去学着关注正在发生的事，并与之进行沟通。我发现，当自己专注时总会进入一种心醉神迷的状态。所以，我的勤奋笔耕，总算有些收获。至今，我仍清晰地记得我的第一篇随笔发表时的兴奋模样。我喜，我跳，我自言自语。因为我努力尝试的新路得到了肯定，当时我甚至认为自己从此可以再走出一条可以挣钱糊口的路来。

“我们写作的理由，就是让个人灵魂的尊严浮现出来。”对于村上春树的话，我是认同的。有了一次次的突破，我开始思考和剖析自己的心路，思考我的写作路子到底该是什么。经过反复认真的思考，最终我决定结合自己的专业，写环境评论和环境随笔类文章，偶尔也写写旅游类的千字文。

有人说：智者的智慧往往在于，他善于通过“镜子”将存在于生活中所有的、真实的、表象的东西显现出来，从而剖析自己、调整自己、充实自己。其实，快乐写作真的不需要什么道理，只需要损失一点睡眠，舍弃一点应酬，控制一点放纵而已。更多时候，我把自己看作是生活的编导。至于我的这个定位是否“准确”，我不在乎。

自己被自己说服了，是一种理智的胜利；

自己被自己感动了，是一种心灵的升华；

自己被自己征服了，是一种人生的成熟。

举凡说服了、感动了、征服了自己的人，就有力量征服一切挫折、痛苦和不幸，也就能获得成功。

我这样写，并不是说自己如何如何高明，只是将平时所思所想作一番真实的流露。值此拙作面世之际，我感谢所有支持和帮助过我的亲人和朋友们，也愿我们各自的前行路上从此充满鲜花和喜悦。

杨士军

2016 年 3 月 15 日